Brigitte Giraud

Un loup pour l'homme

roman

Flammarion

© Flammarion, 2017.
ISBN : 978-2-0813-8916-8

À mes parents

« Si l'autre n'existe pas,
vous n'existez pas non plus. »

LOUIS CALAFERTE

« Question 1 : Avez-vous participé aux combats ?
Je cochai oui.
Question 2 : Vous avez tué ou vu quelqu'un se faire tuer. Évaluez votre état émotionnel en cochant l'une des deux cases ci-dessous :
A : Ravi
B : Mal à l'aise

L'officier parlait toujours. "Ce questionnaire est une science exacte. S'il est mis en évidence que vous êtes dépassé par le stress, vous recevrez des soins des meilleurs médecins qui soient (…) Vous rentrerez chez vous quand vous serez guéri et que vous aurez à nouveau la trique pour la patrie." »

KEVIN POWERS

Partie I

Antoine

Mars 1960
Le médecin parcourt la lettre que lui tend Lila et considère les analyses de sang. Il reste distant, inaccessible derrière ses verres épais. Puis il demande pourquoi cette décision.

C'est abrupt et tranchant. Lila fait un début de phrase bancal, celui qu'elle a préparé durant tout le voyage.

Le médecin ne voit aucune raison d'interrompre la grossesse. Elle est en parfaite santé, elle est jeune. Il fait celui qui ne veut pas comprendre. Lila répète que son mari est appelé pour l'Algérie. Mais le médecin ne regarde pas Antoine, cela est déconcertant. Il ne s'adresse qu'à la future mère comme si elle était la seule concernée, comme si Antoine n'était qu'un accompagnateur.

Il n'est pas dans le tempérament d'Antoine de prendre une parole qui ne lui est pas donnée, alors il demeure silencieux, presque honteux. Il ne vient pas au secours de Lila et on peut parier qu'elle lui en voudra. Il tente toutefois de faire remarquer que son père à lui a vécu un drame en quarante, et qu'il préférerait ne pas... Mais le médecin le coupe et dit que l'Algérie, ce n'est pas la même chose qu'une guerre. Pour mettre un terme à l'entretien, le médecin ajoute, d'un air satisfait, que si toutes les femmes de soldats avaient avorté, la terre serait dépeuplée. Au retour de Genève, la route est longue sur la Vespa. Lila espère un accident, une chute, des ornières sur la route. Elle voudrait couler, elle pense à tomber, elle se dit qu'elle trouvera un moyen. Accrochée à Antoine, elle abandonne son visage à l'air qui le fouette, elle ne prend garde à rien. Elle veut bien avoir mal, elle préfère souffrir, sentir son dos qui lance des pics, et son ventre qui se crispe à chaque nouvelle accélération. Elle èspère que quelque chose va arriver, qui va la délivrer. Elle refuse d'être qui elle est, Lila, vingt-deux ans, un bébé prévu pour l'automne et un mari bientôt confisqué.

Antoine aurait préféré que Lila ne reste pas sur le quai de la gare. Il l'a dit mais elle n'a pas voulu entendre. Il est debout derrière la vitre, entouré d'autres gars, et il la voit qui reste figée. Il voudrait qu'elle s'en aille, qu'il n'ait pas sous les yeux le regard qui appelle. C'est violent d'aimer dans ces moments-là. Il envie les célibataires, il envie ceux qui n'ont pas encore connu l'attachement. Ils ont parlé des lettres, ils ont promis ce que tout le monde promet, une lettre chaque jour, tu me diras tout, chaque pensée et chaque geste, tu me confieras même ce qu'on ne peut pas écrire. Cette vie sera possible de l'autre côté de la Méditerranée parce que je serai là, parce que tu pourras la raconter à quelqu'un, je serai ton témoin.

Lila, toujours immobile, n'en finit pas de remettre son petit sac sur l'épaule, et une mèche de cheveux derrière l'oreille. Quand le train disparaît, elle s'appuie contre un mur, elle cherche un peu d'air. Elle sait qu'elle ne supportera pas, elle doit inventer quelque chose pour les sortir de là.

Un loup pour l'homme

Après deux jours d'attente à Marseille, Antoine embarque sur le *Kairouan*. Fond de cale pendant près de vingt-deux heures sans voir la lumière, sans monter sur le pont ni regarder par un hublot. Ils sont huit cents et peut-être mille à sentir le tangage puis le roulis qui les prend et les essore. La tempête se lève au large des Baléares et la nuit est intenable, sombre et lugubre tout au fond, moite avec des bruits de coque en taule, qui s'enfonce dans la noirceur sous-marine. Les hommes gisent sur des couvertures, pas même des couchettes, se tordent, se tiennent le ventre, se relaient sur le bord qui conduit aux toilettes, rêvent d'air frais, de vent sur les tempes, s'aspergent du peu d'eau distribuée avant la descente dans les entrailles du bateau.

Antoine se concentre sur son estomac qui menace de sauter hors de la gorge. C'est sa première traversée, son premier mal de mer, sa première nuit flottante et hurlante. Il s'appuie contre la paroi, enfouit sa tête contre l'épaisseur qui fait office de matelas et s'entraîne à ne penser à rien. Il a une vision étrange, ils sont comme des animaux, une colonie de rats ensevelie sous la couleur kaki, il devient une partie du tout, et il comprend, là dans la cale, ce qu'est une armée, mille pattes grouillantes, une force rampante sans queue ni tête. Il se cramponne à ce qu'il a entendu dire, les îles Baléares au loin, réalité ou mensonge, peu importe, il se raccroche aux images, celles de plages et de reflets, de mer transparente et de bancs de poissons. Il somnole, bercé par la vision des îles paradisiaques, et il se promet que, lorsqu'il sera sorti de ce pétrin, il y emmènera Lila.

Il est rejoint par la douleur des nuits de garde, quand, pendant les classes à Bar-le-Duc, il vivait ses premiers moments de désespoir, traversé par le vent qui soufflait sur la plaine. Résister au froid avait été un long calvaire, lui qui avait pourtant toujours travaillé dehors, télégraphiste depuis qu'il avait seize ans, sillonnant les routes à vélo, sans gants, sans manteau, même pendant l'hiver 1956 où il n'avait jamais manqué une mission, pédalait et avalait l'air glacé. Alors que là sur le terrain, malgré la toile épaisse de son treillis, il sentait le froid monter quand il rampait avec un fusil, et la terre adhérer à son buste et ses cuisses, comme si la boue gelée avait la consistance de l'acier. Il n'avait qu'une paire de brodequins, et c'est dans des chaussures trempées qu'il avait enchaîné les jours d'un hiver sans fin.

Il n'imaginait pas que l'Algérie deviendrait une réalité et qu'il finirait par étouffer dans la cale d'un bateau, lui qui s'était fait réformer une première fois, mais que l'armée avait bientôt jugé apte malgré une silhouette fragile dont Lila disait qu'elle faisait tout son charme. Il était passé à deux doigts, il avait cru naïvement qu'on l'oublierait, et là, allongé sur la couverture kaki, il commence à penser que le destin existe.

Il avait demandé à ne pas tenir une arme, il en était presque gêné. Il avait osé avouer qu'il n'était pas d'un tempérament guerrier, il préférait soigner.

Et son souhait, contre toute attente, avait été entendu, il avait eu accès à une formation d'infirmier.

Il revoit les petits matins au garde-à-vous dans la cour humide, juste avant l'instruction, puis le corps humain dessiné sur les planches de couleur, artères, poumons, intestins, les fonctions vitales enseignées trop vite, les volontaires qui tombaient au sol, se laissaient manipuler, garrotter et piquer, la chair vivante comme matériau, qui haletait, qui mimait et consentait. Il se souvient des garçons qui, comme lui, espéraient devenir des sauveurs, pas effrayés par les autres garçons, qu'ils tenaient dans leurs bras, dans la salle sous les néons, les gestes virils et doux des futurs infirmiers, mus par un idéal fait de romantisme et sans doute aussi d'amour.

Antoine ne parvient pas à dormir, tourmenté par son estomac et par les scènes qui tournent en boucle, il voudrait couper net, trouver le repos mais il est assailli par ce qu'il vient de vivre, les films que l'armée projetait sur grand écran, qui disaient la réalité de la guerre, les soins d'urgence à prodiguer sur le terrain, les blessés qu'il fallait aller sortir du lit d'une rivière ou extraire d'un champ de mines. Il est hanté par les films dont il se demande s'ils étaient réels ou tirés de fictions de cinéma, et dont le son avait été coupé, sans doute pour que les appelés n'entendent pas le bruit des détonations, ni le cri des hommes qui se débattaient dans les barbelés. Antoine découvrait que soigner pouvait être sauvage et dangereux, il n'avait pas pensé aux hommes qui couraient sous les balles avec des brassards d'infirmier. On leur avait dit Algérie, *maintenir l'ordre*, personne ne leur avait parlé de combats.

Après les films passés parfois au ralenti, après qu'on leur avait appris le massage cardiaque et la ventilation artificielle, les journées avaient été consacrées à la formation *in situ*, et Antoine, embarqué avec les autres dans un camion, avait gagné le terrain militaire près de la forêt, hérissé de ronces, de silhouettes fictives et de miradors, et c'est là que l'instructeur avait prononcé une phrase, qui obsède Antoine, il avait dit que les infirmiers n'étaient pas seulement des sauveurs mais aussi des fossoyeurs, que les corps, ce serait leur domaine, vivants ou morts, il avait rajouté qu'une fois dans le baroud, on ne réfléchit pas, on fonce, on fait les gestes, on donne le meilleur. La peur, l'adrénaline, ils allaient découvrir cela, ils ne pourraient plus s'en passer. Et là, gisant dans la coque du navire, Antoine ne peut plus ignorer les paroles de l'instructeur, il a tout le temps d'y penser.

Pour s'en distraire, il se concentre sur le moment où on lui a remis le caducée et le diplôme, première vraie réussite d'une vie sans triomphe. Première satisfaction, inattendue, mais la feuille de route aussitôt reçue annonçait le train à Lyon, le bateau à Marseille, et demandait le nom et l'adresse de la personne à avertir en cas d'incident.

Antoine ne comprend pas cet emballement. Il n'a rien décidé de ce qui est en train d'arriver, mais il est trop tard, il sent comme le bateau l'emporte vers cette vie qui dérive.

Il demeure les yeux fermés et il récapitule. Il est happé par l'image de Lila, qu'il avait pu enfin rejoindre dans leur petit appartement dans la banlieue de Lyon, pour six jours de permission avant le départ et la longue séparation. Il leur restait quelques heures volées pour se dire l'essentiel. Mais il y avait le rendez-vous à Genève. La route à parcourir sur la Vespa. Le gynécologue qui, espéraient-ils, allait les libérer.

Lila avait voulu faire les choses dans l'ordre mais, encore une fois, rien ne s'était passé comme prévu.

Jusqu'ici Antoine n'a pas eu de décision à prendre. Juste suivre le mouvement. C'est aussi cela l'armée, faire ce qu'on vous ordonne. C'est finalement assez simple. Le débarquement a lieu à Alger. Les hommes émergent et mettent un temps infini avant de gravir toutes les marches, de parcourir les coursives, dans un vacarme éprouvant. Personne n'a dormi, et tous plissent les yeux devant la lumière aveuglante qui les saisit sur le pont. On les presse, on leur demande d'avancer à petites foulées, mais chacun est préoccupé par son sac, ses affaires entassées, certains ont pensé à prendre des lunettes de soleil, mais les gradés ne leur laissent pas le temps. Des camions les attendent, dont le moteur tourne déjà. Ils ne se rendent pas compte que la baie d'Alger est l'un des sites les plus beaux du monde, eux qui n'ont pas encore voyagé. Ils se fichent de la splendeur de ces lieux qui vont peut-être les avaler, ils se contentent d'être éblouis par le soleil de

Antoine

midi, ils voudraient dormir, et manger. Et savoir pourquoi ils sont là.

Le lendemain est journée libre. C'est à peine croyable cette possibilité de flâner. On leur a fait quelques recommandations. Ne pas circuler à moins de trois en ville, ne pas provoquer d'altercation, ne pas aller dans le quartier arabe. Mais pourquoi l'armée leur accorde-t-elle ce privilège ? Ils se changent en touristes, boivent leurs premières anisettes aux terrasses des cafés, mais leur curiosité les emmène jusque dans la Casbah où ils sont saisis par une beauté d'un autre siècle, la vie mystérieuse qui se cache derrière les façades et les silhouettes voilées qui filent sur les marches des escaliers. Leur tenue militaire leur semble incongrue, ils avancent un peu gênés, ils ne savent pas que les ruelles, les arrière-cours, les palais, les boutiques, ont été le théâtre de la bataille d'Alger, quelques années auparavant. Leur ignorance est leur meilleure alliée. Ils n'ont pas encore entendu parler du général Massu et des parachutistes. Mais ils ont tout le temps pour apprendre.

Un officier déclare, avant le petit-déjeuner, qu'un couple d'instituteurs français s'est fait assassiner dans les Aurès le 1er novembre 1954 par les rebelles algériens, et qu'une insurrection indépendantiste est à l'œuvre. L'armée française est là pour l'empêcher de gagner tout le pays. Il ajoute que leur mission est de protéger les populations et de maintenir l'ordre. Rompez.

Les gars font peu de commentaires le soir dans le dortoir. L'un raconte que les instituteurs venaient du Limousin, comme lui. Mitterrand avait envoyé un télégramme de condoléances au moment des obsèques. Ils ne connaissent pas plus le Limousin que l'Algérie. À peine savent-ils que des Français y vivent. Et les Algériens leur semblent si éloignés, si dissemblables.

Au petit matin, rassemblement sous le soleil et dans le vent qui fait voler la poussière. Gravité. Interrogations. Affectations. On déploie les cartes. On ne retient plus qu'une destination. Les gars se cherchent du regard, habités par l'espoir et l'inquiétude. Orléansville, Tizi-Ouzou. Reggane. Colomb-Béchar. Marengo. Maison-Carrée. Mascara. Mostaganem. Philippeville. Batna. C'est l'Oranais pour Antoine. Sidi-Bel-Abbès sera bientôt sa ville, son port d'attache. Ce sera comme un tatouage, un nom qui ne s'effacera pas. Nom exotique qui deviendra familier. Affecté à l'hôpital militaire. Cela ressemble à une bonne nouvelle. Il se dit qu'on ne fait pas sauter un hôpital, qu'on ne s'en prend pas à un endroit où séjournent des blessés. Il ne sait pas d'où lui vient cette veine, il n'est pas habitué.

Depuis leur arrivée, les rumeurs se sont propagées. Un vocabulaire nouveau leur est parvenu, les mots *djebel*, *gourbi*, *fellagha*... font d'emblée partie de leur monde. Ils aiment manier ces mots, qui déjà les distinguent. Ils comprennent que leur mission est particulière et leur destin singulier. Ils pensent aux Français restés en France, à leurs frères cadets, à leurs mères, à leurs fiancées, et ils savent qu'un

ANTOINE

fossé se creusera bientôt, ils le pressentent, à cause de la langue qui désigne ce qui n'existe qu'ici.

Antoine espère que Sidi-Bel-Abbès n'est pas trop loin de la mer, il en est encore à avoir des désirs de vacancier, il n'a pas vraiment admis qu'il servirait l'armée, et que la mer il ne la verra plus de la même façon. On ne leur a pas dit, ils comprendront d'eux-mêmes, ce n'est pas compliqué d'interpréter les signes. Il aimerait juste envoyer des cartes postales à ses parents. Il ne se rappelle pas leur avoir jamais écrit, excepté pendant l'évacuation de l'année 1944 depuis ses montagnes à vaches. La paysanne chez qui il logeait lisait son courrier, alors il avait inventé une existence fictive, où tout allait bien. À huit ans, il avait déjà une double vie. Alors à vingt-trois, il peut tout se permettre, il sait cela d'instinct.

Antoine a dans la tête le visage de Lila et sa silhouette plantée sur le quai du départ. Il fait des débuts de lettre, il cherche le ton avec lequel il racontera son arrivée. Tout est allé trop vite. Il voudrait inventer une mesure entre l'accablement et l'excitation. Il aimerait trouver les mots pour dire la traversée, mais il aimerait du beau pour Lila, garder le beau ou l'idée qu'il s'en fait. Il ne sait pas encore qu'on peut écrire des lettres avec de la sidération et même de l'effroi. Il n'en est pas encore là. Ce qui l'obsède est le bruit sourd des turbines qui envahissait la cale au fond de laquelle il a voyagé, ce vacarme qui déchirait son crâne en même temps que son abdomen criait le manque de Lila. Et les visions qui avaient peuplé sa nuit, le bateau qui avançait en fendant les flots noirs, le cap au sud et les milles parcourus qui creusaient heure après heure une séparation irréversible.

Il essaie de rédiger des phrases qui rendraient compte de cette sensation-là. Mais l'écriture est décevante, aucun mot ne convient jamais. Alors plutôt que de dire à Lila cette nuit passée comme une bête dans la moiteur de la cale, au contact d'autres bêtes, vomissant, titubant, criant, lâchant des jurons, prononçant des phrases comme seuls les hommes entre eux en profèrent, il préfère ne garder que l'éblouissement une fois remonté sur le pont, l'approche de la côte et la baie d'Alger qui se dessine au loin, puis prend forme dans le jour aveuglant. Il préfère tenter de décrire le choc devant ce silence minéral, imposant, et la blancheur qui vient se refléter à la surface de l'eau. Il tente de nommer ce contraste, le passage brutal de l'obscurité à la clarté vive. Plein feu sous le ciel d'avril. Bleu intégral et oppressant.

Antoine embarque dans un train pour rejoindre Oran, première étape du transfert. Ils sont quelques-uns seulement, accompagnés par deux gradés. Ils montent en queue de convoi, c'est l'usage ici, une draisine en tête, longue barge nue qui va en éclaireur devant la motrice. Le train peut être une cible. C'est simple et logique. Le cerveau doit accomplir un petit tour de force. C'est encore confus dans la tête d'Antoine. Attentat, explosifs, ce sont des mots entendus en France à la radio, ou prononcés par son père à la table de la cuisine, alors qu'il tournait les pages du journal. Et quelques allusions lors de la préparation militaire, sans que rien ait été clairement énoncé. C'était loin et irréel. C'était abstrait. Ils trouvent à s'asseoir et jouer aux cartes. Ils regardent dehors, mais les vitres sont sales, couleur sable, et quand elles sont ouvertes, on ne voit rien de la végétation, à cause de la poussière soulevée par le vent. Antoine n'a pas la tête à s'intéresser au paysage. La draisine à l'avant prend toute la place. Il fait semblant de ne pas y penser, et sans doute que les autres aussi. Ils s'observent mais ne bronchent pas. Il a en tête les images du *Mécano de la générale*, qu'il a vu au Rex de Lyon avec son frère, il ne sait plus comment le train finit par sauter par-dessus le viaduc, et si Buster Keaton s'en sort. Des camions les attendent. Il y a ceux qui vont vers Tlemcen, Saïda ou la frontière marocaine. Ils se souhaitent bonne chance. Rien ne les attache encore, rien ne les émeut.

Sous la bâche ils ne sont plus que quatre. L'intimité gagne, ils ne peuvent plus s'ignorer. Les premiers mots sont toujours les mêmes. D'où tu viens ? Et puis la conversation retombe. Angers, Rodez, Montpellier. Et après ? Soit ils viennent du même coin, ils font des commentaires, se réjouissent de cette coïncidence qui les rendra plus proches, soit ils hochent la tête en silence parce qu'ils ne connaissent pas. Antoine a entendu parler d'Angers. C'est là, lui semble-t-il, que son père a traversé la Loire à la nage, avec les Allemands aux trousses. Le camion roule vite. Antoine demande si la Loire est large à cet endroit. Mais Granger ne sait pas, il vit dans une ferme aux alentours. Il n'est allé en ville que pour chercher des papiers à la préfecture. Ils sont assis face à face à l'arrière du camion. Ils portent le calot plus à la paysanne qu'à l'américaine, façon béret. Pour l'instant ils observent, ils attendent, ils font des vœux. Et ils finissent par se taire. Ils n'imaginaient pas qu'ils seraient aussi vite confrontés au danger, le mot embuscade existe bel et bien. Ils ricanent quand ils bondissent sur un nid-de-poule, ils sont nerveux. Ils préfèrent éloigner l'idée du pire. On dit *Mektoub* ici. Ou encore *Inch Allah*.

Antoine voudrait dormir. Ou juste s'allonger. Être seul, reposer ses reins et laisser aller sa tête sur l'oreiller. Il rêve d'un matelas. Et de respirer un air qui ne soit pas saturé de poussière. Il éprouve la sensation d'avoir du sable dans la bouche depuis qu'il a débarqué, il frotte les mains sur son pantalon, il bouge les doigts, il passe la langue contre ses gencives, il sent venir ce tic. Les mains, la langue, la peau du menton qu'il frotte comme pour en déloger les grains. Le sable envahit ses sourcils, et colle aussi aux tempes. Antoine transpire, c'est nouveau, c'est la première fois de sa vie. Même à l'école quand il a couru les quatre cents mètres le jour du certificat d'études, sa peau n'a pas exhalé la moindre goutte de sueur, ni à Bar-le-Duc, quand il faisait des pompes sous l'œil impatient du lieutenant. Sa maigreur le préserve. Mais là, à peine descendu du camion, debout devant la réserve d'où sont sortis draps, serviettes et nécessaire de survie, il sent une goutte qui se forme à la base de la nuque et glisse entre les omoplates. C'est un moment d'immobilité, à essayer de comprendre ce qu'il doit faire. Il voudrait ne pas rester debout sur la dalle de ciment, sous le regard de ceux qui savent. Alors que lui n'est capable que de gestes hésitants. Planté sous les arcades de l'hôpital, face au palmier qui occupe presque toute la cour, il est en nage et comme essoufflé.

Les baraquements sont à l'écart, il entre avec Granger sans savoir qu'il sera impossible de rester plus de quelques minutes sous la taule incandescente. Une étuve, un chaudron, un four. Antoine ne comprend pas qu'on n'ait pas l'idée de ventiler. Il choisit le lit du haut parmi quelques couches disponibles, content que Granger ne proteste pas. Il se croit malin, plus aguerri que le paysan du Val de Loire, ce qui déjà lui évite d'être tout au bas de l'échelle. Il commence à l'aimer pour cela. Il pose son paquetage, trouve une armoire vide. Le baraquement est habité, du linge sèche sur les montants des lits, et la salle de douches est encombrée d'objets. Comme il n'y a rien d'autre à faire qu'à attendre, Antoine, levé depuis quatre heures du matin, s'allonge et finit par se perdre dans un silence suffocant, habité par les images de Lila. Il a laissé la porte ouverte, qu'il a coincée avec sa paire de brodequins, se doutant bien que cela ne se fait pas.

Il pourrait écrire à Lila. Il pourrait rassembler ce qu'il a en tête depuis ces quelques jours. Il voudrait demander pour la grossesse, il voudrait pouvoir la rassurer. Mais il ne parvient pas à passer à l'action. Cette première lettre, qui l'occupe, cette lettre déci-

ANTOINE

sive, qui le hante, il n'arrive toujours pas à la commencer. Il a fait un début qu'il a fini par jeter. Trop de contrastes, trop de distance, trop d'étrangeté.

Lila a appris à vivre seule dans l'appartement, à l'entrée de la cité, où ils avaient emmenagé après leur mariage dix-huit mois plus tôt. Mais le service militaire a fait irruption et a tout bousculé. Lila passe ses soirées à des travaux de couture. Elle confectionne des rideaux pour que les voisins d'en face n'aperçoivent pas sa silhouette qui s'active le soir. Elle coud des vêtements compliqués. Elle trace à la craie en suivant le patron, avec lequel elle prend des libertés, elle coupe, elle assemble. Elle s'oublie dans le détail, elle se concentre sous la lampe de la cuisine, elle a acheté une machine à coudre, petite folie, mais objet de tous les désirs. Plus qu'un piano ou un bijou. Elle débarrasse la table aussitôt le repas terminé, le plus souvent un œuf à la coque avec du pain, et elle installe la machine. Elle n'a pas le téléphone ni la télévision, aussi rien ne la dérange, rien ne la détourne de sa couture, ni de l'absence d'Antoine. Ni du fœtus que, pour l'instant, elle porte encore en secret.

Ils n'ont rien décidé à leur retour de Genève. Ils sont restés silencieux. Lila était pâle quand elle est descendue de la Vespa, elle s'est glissée sous les couvertures de leur lit et a refusé de manger. Antoine ne savait plus comment faire, il n'était pas effondré, rien ne se passait dans son corps à lui, mais la perspective d'avoir un enfant à l'automne ne le catastrophait pas. Peut-être même que l'idée lui plaisait.

Il aurait aimé partir avec, en tête, la naissance d'un enfant. C'était difficile de ne pas savoir. Et puis il aurait considéré Lila comme une messagère, habitée par un mystère et une puissance nouvelle. Il se serait senti tout petit. La grande aventure, était-ce faire un enfant ou faire la guerre ?

Pendant que Lila ajuste les poches sur le devant d'une jupe, Antoine enfile une blouse au tissu rêche et épais. Il noue la ceinture et devient apprenti infirmier. Il garde aux pieds ses chaussures, pas les brodequins, qui sont rangés à présent dans l'armoire du baraquement, mais une paire de souliers de ville noirs, un peu trop grands. Il l'a dit dès le premier jour à Bar-le-Duc, que ce n'était pas sa pointure, mais le lieutenant lui a recommandé de les bourrer avec du papier journal. Pour marcher passe encore, courir est une autre histoire.

Antoine n'a pas à courir dans les couloirs de l'hôpital. Pour l'instant, il est dans un bureau, il trie des bordereaux de livraison, et il se gratte. Avant de soigner les autres, il voudrait se faire soigner, il demande si on peut regarder son dos. Il s'est félicité d'avoir choisi la couchette du haut, pour échapper au regard des autres, mais il ne savait pas que, pendant la nuit, les punaises grimpaient sur les parois en colonies serrées, gagnaient le plafond, puis se jetaient dans le vide à la recherche de chair fraîche. La peau d'Antoine est fraîche et tendre, et à présent piquée, rongée, sucée, et pleine de boursouflures. Il se déshabille devant un garçon de son âge, en blouse lui aussi, qui s'amuse qu'il se soit laissé avoir, un vrai bleu. Les punaises sont le rite de passage, plus efficaces que n'importe quel bizutage.

Antoine longe les arcades et ouvre la porte d'un dortoir. On l'attend dans la salle au bout de la galerie. L'odeur le prend quand il entre. Éther mais aussi pourriture. Il pense à un animal mort derrière la porte. Cela doit venir de son nez, il pense que c'est l'odeur de la pommade appliquée dans son dos, qui se transforme. Il frotte avec la main, et c'est le sable qui revient. Les grains dans sa barbe pourtant rasée de près, et sur sa peau en sueur. Il voudrait se défaire du sable, il voudrait se moucher, pour chasser ce qui envahit sa tête. Tout est calme dans le dortoir. Il s'approche du médecin, qui est aussi capitaine, il salue comme on salue un officier.

Antoine accompagne l'infirmier-chef qui prend la tension. Il note sur une fiche. Il range la fiche dans la pochette au pied du lit. Il ne sait pas encore qui sont ces garçons allongés par-dessus les draps, bandés ou simplement maintenus immobiles par des poulies ou des sangles. L'infirmier attrape le bras, il touche la peau, il demande si ça va, il presse la poire en caoutchouc. Antoine aime ce geste, il sent l'inquiétude dans le regard du blessé. Il inscrit les deux chiffres, le maxi et le mini. On ne lui a rien demandé, mais il rassure. Il découvre cela, le désir de rassurer, c'est nouveau, cela vient de le traverser. Il parle d'une voix douce, et il s'en veut aussitôt. Il sent que cela ne se fait pas. Il n'aime pas cette voix qui vient de sortir de sa gorge, il se reprend, il change de ton. Quand l'infirmier-chef a tourné le dos, un très jeune homme aux yeux clairs lui dit qu'on voit qu'il vient de débarquer. Il lui conseille de se sauver, avec la mâchoire qui tremble, il dit de ne pas écouter les ordres. Il faut se sauver, répète-t-il, avec un regard désespéré.

À peine a-t-il commencé qu'Antoine doit se faire tondre. Cinq appelés attendent dans un bureau de l'autre côté de la cour, parmi lesquels Granger. Antoine n'en est pas à sa première coupe militaire. Dans le civil, il porte une mèche brune qui lui tombe sur la joue, résultat d'un épi impossible à dompter. Cela donne un profil dessiné au couteau plutôt rock'n'roll. Sans sa mèche, on voit le nez qui en impose, et le regard d'acier. Mais, depuis des mois et tout ce temps passé dans l'est de la France, Antoine ne se coiffe plus comme il aimerait. Il est prié de s'asseoir, de ne pas bouger, de ne pas commenter. Il penche la tête vers l'avant et c'est toujours le même bruit qui bourdonne à ses oreilles. Un bruit d'hélicoptère qui fait du rase-mottes, qui cherche et qui insiste. La tondeuse va du bas vers le haut, il sent la sueur qui gagne son crâne, et glisse vers la nuque, ce n'est pas bon pour la lame, qu'on essuie avec un torchon. Il n'aime pas confier sa tête, la séance est comme une épreuve de repentance, il pense aux moments où il a communié devant le prêtre, adolescent, pour faire plaisir à sa mère. Il revoit sa tête inclinée pour recevoir l'hostie. En se laissant tondre, c'est comme s'il se donnait à l'armée. Avec sa blouse blanche, il avait cru pourtant s'y soustraire.

ANTOINE

Après la tonte, son visage est plus grave. Il passe désormais ses mains sur son crâne cabossé, cela devient un tic supplémentaire. Il doit redéfinir les contours, se familiariser avec sa personne nouvelle. Que vient-on au juste de lui retirer ? La lettre qu'il rédige enfin est longue et pleine de fougue. Il n'a pas de photo, alors il dessine, le bateau, le port d'Alger, la Casbah, l'hôpital militaire avec le palmier dans la cour, sa silhouette en tenue d'infirmier. C'est comme une bande dessinée, il fait des flèches et des bulles. Il parle du ciel aussi, tellement bleu, le jour avec des hélicoptères en forme de banane, et la nuit, profond et étoilé, parcouru de fusées éclairantes. Il raconte le feu qu'il aperçoit sur une colline et à propos duquel courent des légendes. Toutes les histoires que les gars inventent dans la chambrée, les fantômes, les esprits, et l'image de l'ennemi qui peu à peu apparaît.

L'ennemi est invisible, c'est comme s'ils l'attendaient. Il porte différents noms : rebelles, *fellaghas*, FLN, on ne sait pas d'où il surgit, ce qu'il vise, comment il agit. On dit des rebelles qu'ils font exploser des bombes dans les cafés. Qu'ils incendient, égorgent et émasculent. On les prend pour des Indiens. Arriérés et cruels. Fanatiques et archaïques. Tout le monde parle du sourire kabyle dès la première semaine. Les testicules sont dans toutes les allusions, celles qu'on a encore, celles auxquelles on tient, qu'on défendra jusqu'au dernier souffle. Tout le monde en rêve, les cauchemars sont emplis de ces gorges qu'on voudrait trancher, et des boules qu'on voudrait leur arracher. Mais pour l'instant, les rebelles ne sont qu'un fantasme. Et les testicules seulement livrés aux punaises, dont il va falloir se débarrasser. C'est le premier vrai combat auquel sont soumis les appelés, éradiquer les punaises, les traquer jusqu'à la dernière, sans pitié.

Le garçon à la jambe amputée reste silencieux quand l'infirmier-chef lui prend la tension. Pas un regard, pas un mot pour Antoine, qui accompagne, mais une indifférence pénible. Ce garçon est habité et ne cherche pas à se faire aimer. C'est ce qui attire Antoine. Qui revient, tourne, cherche à se rendre utile. Il donne à boire, baisse un peu le store, arrange le drap. Puis il s'éloigne sans le quitter des yeux. Il voudrait savoir comment c'est arrivé mais ce n'est pas une question qu'on pose aux blessés. On se renseigne dans les bureaux, entre deux portes. On consulte le registre, qui ne donne pas de détail. L'infirmier-chef élude. Il dit, avec de la lassitude dans la voix, que c'est un cas spécial.

Ce qui arrive, c'est la plupart du temps le même scénario. Des soldats en opération, une embuscade ou une mine, les gars projetés dans le ciel, les morceaux qui retombent, qu'on recoudra comme on peut, la perte de conscience,

Un loup pour l'homme

l'évacuation, la morphine qui fait planer, puis le choc de la réalité.

Et puis il y a d'autres histoires, plus difficiles à raconter.

Le départ se fait à l'aube. Antoine prend place dans une ambulance militaire, avec un médecin, un infirmier et un brancardier, il aide à charger les mallettes de vaccins et de seringues. Il a sorti les doses du réfrigérateur au dernier moment. La Légion veille sur le convoi avec une jeep et un véhicule blindé équipé d'une mitrailleuse en tourelle. Le radio est dans la voiture de tête. Avant le départ, il faut procéder à la vérification du matériel, pistolet automatique, lunette d'approche. C'est une mission sanitaire, la routine, on a dit à Antoine que cela ne craignait rien, il y a un symbole sur l'ambulance, un genre de caducée. Le blindé ouvre la route, la destination est secrète, ils se dirigent vers le sud. On lui a expliqué, il s'agit d'apporter des soins à la population algérienne la plus reculée.

C'est un jour de vent, de chaleur sèche et de gorge irritée. C'est un jour de sommeil après la nuit moite passée dans le baraquement. Antoine n'est pas en forme, il n'a pas eu le temps de s'installer à l'hôpital, de se familiariser avec les blessés. Il aurait préféré rester auprès du jeune amputé. Mais l'armée l'appelle déjà ailleurs. Sans doute une tactique pour qu'il ne s'amolisse pas.

Le médecin met Antoine en garde, il va voir des choses pas belles, la population est dans un sale état. Mais Antoine n'est pas effrayé, il voudrait juste être sûr que leur convoi ne sera pas visé. À force de parler des rebelles le soir dans le baraquement, il les imagine tapis derrière chaque rocher, chaque tronc d'eucalyptus, il voit surgir, dans le nuage de poussière, une poignée d'hommes avec un couteau entre les dents, et son ventre se crispe à chaque nouveau virage. Une halte à l'approche de la forêt de Tenira, après trois heures de route, lui semble une erreur. C'est une scène dont il se souviendra, les hommes à la pose, pissant contre les troncs, sous la protection armée des légionnaires, leur regard à l'affût, leur virilité impassible, leur tenue impeccable. Tout est calme entre les arbres et les buis. Seuls des cris d'animaux alertent les oreilles, petits rongeurs et oiseaux, une faune inoffensive et quasi tropicale, presque joyeuse, mais qui demeure invisible. Antoine voudrait qu'on reparte, c'est la première folie à laquelle il participe. D'ailleurs, il n'arrive pas à pisser. Pour détendre l'atmosphère, on lui demande s'il veut aller aux champignons. Il soupçonne une saynète orchestrée pour l'impressionner. Chacun rit, mais les rires ne sont pas francs. Chacun traque la peur dans les yeux de l'autre. Ils se mettent au défi, chacun jouant son rôle à la perfection. Ils se mentent si bien.

ANTOINE

Ils ne sont pas attendus quand ils surgissent au bout d'un chemin qui s'arrête au fond d'une vallée. Une femme vient jusqu'à eux, drapée d'un voile léger. Elle les connaît, elle parle en arabe, elle les conduit, elle met la main devant la bouche. Antoine voit ses pieds nus et la cheville très fine ornée d'un bijou argenté. Il n'avait pas prévu qu'il regarderait une fille, qu'il chercherait à percevoir la silhouette sous le voile. Elle désigne un homme auprès duquel elle s'accroupit sous la tente. Il pourrait être son père, il n'occupe qu'un petit espace, au fond dans l'obscurité. Le médecin enlève ses Pataugas, ils avancent en chaussettes sur les tapis. L'homme ne se lève pas, on devine ses yeux brillants dans la pénombre, et les marques qui le défigurent. Le médecin dénude un bras, demande à regarder les épaules et le dos. Antoine a un mouvement de recul, il n'a jamais rien vu de tel, des croûtes, des puits et des dômes, des chairs à vif sur des membres décharnés. Syphilis, dit le médecin. C'est Antoine qui doit injecter, c'est son baptême du feu. Il prépare l'intramusculaire, il cherche une zone de peau intacte, il hésite, il perd ses moyens, d'autant que la lumière manque. Le médecin rassure l'homme qui tremble et qui tente d'articuler quelques syllabes. S'il est atteint, il est probable que la femme le soit aussi. La piquer sur la cuisse n'est pas possible, jamais une femme ne se laissera dévêtir. C'est toujours la même histoire, dit le médecin, c'est comme si les femmes n'avaient pas de corps. En approchant, ils se rendent compte qu'elle est enceinte. C'est peut-être une catastrophe.

Un loup pour l'homme

Le médecin voudrait ausculter, il dit qu'un médecin ce n'est pas comme un homme. Il enchaîne avec des mots arabes, il parlemente. Pendant ce temps, l'infirmier resté en retrait prépare un laboratoire de campagne à l'ombre des pins, sous l'œil vigilant d'un légionnaire, pour vacciner les enfants contre la tuberculose. Ils remontent de la rivière, tendent leurs bras, mangent les pâtes de fruit qu'on leur donne, et retournent mettre les pieds dans le mince filet d'eau, où ils jouent avec des lézards.

La compagnie visite d'autres familles installées le long de l'oued. Partout ils sont reçus comme des amis, voire des alliés. C'est une façon qu'a l'armée française de compliquer la tâche du FLN dans sa volonté de rallier la population. Antoine ignore la chose politique, il se contente pour l'instant de ce qu'il voit, et ce qu'il voit, c'est qu'il soigne des gens.

Le soir dans le baraquement, Antoine commente la mission dans la forêt, l'homme syphilitique, sa première injection, et la prochaine expédition sanitaire dans trois semaines. Les autres font croire que, pendant ce temps, ils ont pris part à une intervention près de Béni Saf qui s'est terminée en baignade. Ils racontent les étoiles de mer, les oursins mangés sur le rivage. Ils disent le baptême de plongée sous-marine, les poissons argentés et les harpons, ils montrent leurs coups de soleil, et le sable resté entre les doigts de pied. Ils inventent une journée parfaite, les cigarettes fumées en regardant les filles, les ferries qui partaient vers l'Europe. Victor rajoute que,

Antoine

depuis le port, ils apercevaient l'Espagne, le temps était clair, ils voyaient la côte avec les jumelles du lieutenant. Et plus Victor donne de détails, plus il va loin dans le mensonge, plus Antoine le croit, saisi par la clarté d'images dont il rêve. Les filles en maillot de bain écoutaient des chansons sorties de leurs transistors, les filles les avaient approchés et avaient promis qu'elles viendraient les voir à Sidi-Bel-Abbès. Elles avaient sauté dans les vagues, avaient poussé des cris, elles avaient séché leurs cheveux, puis mangé de la mouna, dans laquelle ils avaient croqué. Pour la mouna, c'était vrai, c'était Victor qui en avait ramené de la boulangerie sur la place. Ils avaient le parfum encore dans les narines, la fleur d'oranger, qui reviendrait toute leur vie les hanter.

Pour lire la lettre de Lila loin de la présence des autres, Antoine s'aventure derrière le baraquement. Il passe près de la citerne et trouve un muret pas loin d'un lampadaire. Il fait presque noir, le jour tombe plus vite qu'en France, et c'est dans l'odeur du figuier qu'il ouvre l'enveloppe, avec une appréhension légère. Cette lettre il l'a espérée comme il l'a crainte, il sait que la distance peut être un piège. Mais les premiers mots de Lila sont comme une avalanche de flocons légers. Il perçoit l'aboiement de chiens, probablement enfermés, dont il se demande à qui ils appartiennent, mais il oublie bientôt les chiens, il se love dans un bain tiède. Lila dit comme elle aime la « fragilité de son homme » et comme elle se remémore toujours la même scène, le moment où il est apparu le soir de leur première rencontre, portant un blouson de cuir et un casque de Vespa sous le bras, lors d'un concert de Bill Haley au Palais d'hiver de Lyon, où, rappelle-t-elle, comme s'il ne s'en souvenait pas, le public avait cassé les sièges.

Quelque chose, cependant, ne va pas dans cette lettre, la trop grande douceur, les aveux parfois osés, mais surtout l'absence d'allusion à la grossesse. Antoine répertorie toutes les pages et s'assure qu'il n'en manque pas. Lila fait le récit de sa vie quotidienne, elle dit l'ennui, les pensées permanentes pour Antoine, les nuits dans le lit trop grand, la pleine lune qui filtre à travers le rideau, les petits-déjeuners du dimanche matin pris sans appétit, son anniversaire fêté à la cantine pendant la pause avec sa collègue Suzanne. Tout est ordonné, et presque chronologique, Antoine reconnaît le sérieux de Lila, le soin qu'elle a mis à donner des détails sur sa façon de supporter la solitude, il voit bien qu'elle a passé plusieurs heures à écrire cette dizaine de pages, mais de l'essentiel, elle ne parle pas. Et il reste avec la question brûlante.

Il est le seul, dans la chambrée, à vivre cette situation. Certains sont fiancés, d'autres n'ont personne à qui penser. Granger semble seul au monde. Philippe est amoureux, et expansif, du genre à coller des photos près de son lit. Martin, à l'inverse, vient de se faire quitter. Jo, le chauffeur du colonel, est plutôt discret, une femme lui écrit, dont il ne dit rien.

ANTOINE

Quand Antoine entre dans le dortoir, le garçon amputé est assoupi. Son visage est calme, parcouru de tressaillements légers. Antoine est déçu, il aurait aimé s'approcher, il se sent attiré. Antoine poursuit sa tournée, aide ceux qui ne peuvent pas tenir un verre à prendre leurs médicaments. Il enlève une perfusion, et donne l'heure à un blessé qui n'est plus capable de la lire seul. Il ramasse des couverts tombés au sol, il boutonne une chemise de pyjama sur un torse suturé, il rajuste un masque à oxygène. Il accompagne les gestes tremblants.

C'est Martin qui reçoit le premier colis. Envoyé par les parents pâtissiers à Rodez. Bien empaqueté avec de la ficelle, et des timbres de collection. Chacun le regarde en coin quand il arrache le papier et ouvre la boîte à chaussures. Au lieu de triompher, au lieu de brandir la boîte de chocolats de Pâques bientôt périmés, la petite friture par centaines de grammes, Martin est traversé par une grimace, et par la vexation de redevenir un enfant. Depuis que Nicole ne se manifeste plus, ses parents reprennent la première place, et il déteste ce glissement humiliant. Antoine descend de son lit et fait comme s'il n'avait pas vu Martin retenir un sanglot. Il l'invite à sortir fumer une cigarette, question de rester des hommes. Martin fait d'abord la distribution, les poissons, il en a mangé des kilos à la boutique, il peut bien les donner, il n'est pas loin de jeter la pêche miraculeuse par poignées. Les appelés se précipitent comme des gosses, mais avec la chaleur, les poissons ramollis fondent dans leurs mains, et bientôt une bataille est à l'œuvre, qui les fait rire, qui consiste à maculer toutes les figures et enduire les crânes rasés, c'est leur premier corps-à-corps, leur premier combat, avec des armes en chocolat.

Martin et Antoine vont marcher jusqu'à la citerne, c'est un début de soirée pas comme les autres, quelque chose de lourd pèse, le vent qui avait soufflé tout le jour s'est calmé, on n'entend rien, à part les chiens qui aboient au loin. C'est étrange, ce silence, les bruits de la rue ne parviennent pas jusque dans l'enceinte de l'hôpital, on dirait que la ville s'est tue. Antoine demande si cette fille était importante, Martin ne sait pas répondre, il tord la bouche, et voilà qu'il se plie en deux. L'appel du muezzin les saisit pendant qu'ils fument adossés contre le mur. Ils écoutent, ils ne parlent pas, ils se laissent bercer par le chant, mais tout en eux résiste encore. Ils sentent comme ils sont en train de rater la vie qui aurait dû être la leur.

Martin est à la cuisine pendant qu'Antoine est en salle avec les blessés. Leurs journées n'ont pas la même réalité. L'un répare, l'autre nourrit. L'un soigne, l'autre réchauffe. L'un épluche les patates, l'autre écoute les battements du cœur et les confidences des garçons esquintés. Ils prennent pour habitude de sortir fumer, pendant que les autres sont aux douches ou lavent leur linge. Ils racontent les saucisses de Strasbourg mises de côté contre des cigarettes, le bromure éternel dans le café, le doigt coupé parti dans les épluchures, l'éther disparu des armoires de l'infirmerie. Ils aiment ce moment dans l'odeur du figuier, où leurs récits se mêlent, se réduisant finalement à des histoires de ventres, de bouches, d'espoir et de survie. Pour les uns, la catastrophe a déjà eu lieu, et par miracle ils sont vivants, cabossés mais vivants, pour les autres, ils savent que l'impensable peut arriver, même si l'opération de maintien de l'ordre annoncé n'a pas encore montré son vrai visage.

Antoine apprend vite, il n'a plus entre les mains les mannequins de Bar-le-Duc, ou les collègues comme cobayes. Il n'a pas droit à l'erreur, même s'il ne prend pas de risques importants. Il doit nettoyer chaque jour les plaies, défaire et refaire les pansements, piquer le pli du ventre contre la phlébite, il doit aider les gars à changer de position, s'asseoir dans le lit, se tourner, se couvrir, il doit donner le bassin pour uriner, ne pas montrer sa gêne, ne pas trahir son écœurement. Il doit accepter d'être le témoin de la douleur, de la nausée, et du délire parfois. Il entend et il voit, il apprend qu'à vingt ans on peut perdre son monde.

Antoine respire avec les blessés, il écoute leur souffle, il se penche et accompagne, il gonfle ses poumons en même temps que les gars, il murmure des mots à leur oreille, il est tout près, dans le périmètre interdit, tout au moins impensable. Il saisit les torses contre lui, il soulève, il prend conscience du poids des hommes, il palpe et il empoigne les muscles, il masse parfois une zone figée, il calme les nerfs qui s'emballent, les tremblements, les spasmes.

Antoine n'a entre les mains que des corps sains, jeunes et beaux, des forces vives arrêtées en pleine gloire, détournées, et c'est ce drame de la beauté meurtrie qui le saisit et commence à le ronger. Il lui faut du temps pour admettre le gâchis, pour comprendre que certaines blessures sont irréversibles, que les membres amputés ne repousseront pas, que les yeux crevés resteront aveugles, que les reins brisés le demeureront.

Alors il fait de ces corps au repos son domaine, sa matière, et même son territoire. Il entre dans l'arène chaque matin et finit par dompter son appréhension, il cherche les mots et les trouve, il s'autorise parfois à plaisanter, il sait la solitude des gars, qui n'ont pas encore été confrontés aux réactions de leurs proches, qui gagnent un peu de temps avant d'être rapatriés. Il comprend la terreur des garçons rendus impuissants ou incontinents, brûlés ou simplement boiteux. Il est leur allié, il veille à ce qu'on ne les maltraite pas une nouvelle fois. Comme si leurs corps étaient le prolongement du sien, comme si le sang qu'ils avaient perdu était son propre sang.

Il ne compte pas son temps, il accepte de voir ce que personne ne veut voir, il n'avait pas compris, en demandant une formation d'infirmier, qu'il serait au plus près de la guerre, il pensait au contraire y échapper. Tout est si calme autour de l'hôpital, si étrangement paisible. On ne devine pas la violence des affrontements. Seuls les soldats alités racontent

ANTOINE

l'histoire en train de s'accomplir, celle d'un peuple qui entre en collision avec un autre peuple, parfois peau contre peau. Et les membres broyés, les visages effarés, les souffles courts, sont l'unique preuve de la guerre invisible.

Plus Antoine est privé de Lila, plus il sent monter en lui une douceur, une tendresse à prodiguer. Il ne peut pas parler de Lila autant qu'il aimerait. Ce serait provoquer Martin d'évoquer avec lui le manque, l'attente, le fruit de son imagination, qui s'emballe parfois en pleine journée, quand, dans les couloirs de l'hôpital, il respire une odeur qui lui remet en mémoire un instant partagé. Il ne peut dire à personne à quel point la pommade destinée aux brûlures le rend fébrile, le propulsant irrémédiablement vers leur voyage de noces quand Lila s'était glissée sous les draps après avoir fait une toilette au savon dans leur salle de bains étroite. C'était un parfum nouveau, celui du lys dans le savon, le même qu'il respire dans le couloir les matins de soins aux brûlés qui attendent au fond. Il ne se fait pas à l'odeur, il la redoute et la recherche à la fois. C'est comme celle de la jeep qui démarre dans la cour, et dont les effluves d'essence filtrent par les fenêtres ouvertes, révélant à chaque fois le mélange qui imprégnait l'écharpe de Lila quand elle montait derrière lui sur la Vespa et qu'elle le serrait dans son blouson de cuir.

Il pense aux cheveux de Lila, à sa nuque, à sa taille, à ses chevilles, il essaie d'entendre sa voix, mais c'est difficile à cause du manque de silence. Il

Un loup pour l'homme

est toujours un blessé qui appelle, quelqu'un qui crie parmi les infirmiers, il y a toujours un chariot qui roule, un lit qu'on déplace, une porte qui claque à cause du vent, et le téléphone qu'on entend sonner depuis le bureau, la lourde sonnerie relayée dans les couloirs, qui interrompt parfois les somnolences, et fait dire au médecin que ça suffit, qu'on mériterait d'être un peu tranquille. Antoine voit la silhouette de Lila bouger dans le contre-jour du péristyle, il imagine la transparence de la robe, les chaussures d'été, le foulard sur les cheveux montés en chignon. C'est de cette Lila dont il ne peut pas parler à Martin, ni de son désir. Et il en crève de ne pas dire.

Le garçon amputé ne parle pas. On l'appelle comme cela, on dit l'amputé. Mais jamais en sa présence. Le médecin s'adresse à lui chaque matin. Comment ça va Oscar ? Il tourne autour du lit, soulève le drap, demande s'il a mal. Il lit la réponse dans ses yeux. Il reste un moment, prend le pouls, applique ses mains sur la jambe coupée au-dessus du genou, dont les poils ont été rasés. Il vérifie qu'elle n'est pas gonflée, que le sang circule. Puis il dit quelque chose pour encourager.

Antoine a appris à faire le pansement sur le membre amputé, il hésitait au début mais on ne lui a pas laissé le choix. On est à l'armée, on est là pour servir. On obéit aux ordres, Antoine l'avait oublié. Il avait cru que, dans l'enceinte de l'hôpital, ce serait différent. Mais il n'a pas plus la possibilité de se soustraire à une tâche qu'un soldat sur le terrain. Les médecins sont aussi des militaires, il ne doit pas l'oublier.

Jour après jour, Antoine se penche sur la jambe d'Oscar et il finit par s'habituer. Il n'éprouve bientôt plus de répulsion. Au contraire, il apprend plus qu'avec les autres blessés. Oscar a été amputé à l'hôpital d'Oran, mieux équipé, il est ici en convalescence, avant qu'il soit rendu à sa compagnie, puis rapatrié. Convalescence n'est pas le bon mot, disons qu'il doit franchir certaines étapes avant de revenir à la vie. Il doit sortir du choc, et petit à petit accepter. C'est comme un deuil, jalonné de différentes phases, cela va être long. Et on espère qu'un jour il parlera à nouveau. Oscar a été admis à l'hôpital précédé d'une légende, on raconte toutes sortes de choses sur ce qui lui est arrivé. Antoine finira par savoir, il prendra le risque de la vérité.

Bien qu'Antoine se brosse les dents plusieurs fois par jour, la sensation de sable dans la bouche ne le quitte pas. Le soir, allongé sur sa couchette, il tente d'observer ses gencives à l'aide d'un petit miroir, mais la lumière est trop faible. Dans la glace au-dessus des lavabos, il fait la même expérience mais, sous le regard des autres, il ne peut creuser la question. Il se sent épié. Il se rince la bouche, une fois, deux fois, puis il renonce. Il fait la même opération dans les toilettes de l'hôpital, mais le sable s'immisce sous la langue et jusque dans les narines. Antoine ne voudrait pas devenir fou. Il pense que le sable est une projection de son cerveau. Il se rassure comme il peut, cela est sans doute normal, il n'est pas encore acclimaté.

Avant de s'endormir, malgré les gars qui racontent leur vie à voix haute en fumant devant la moustiquaire, il essaie de penser à la France. Pour

ANTOINE

remettre de l'ordre dans son esprit, il énumère les objets dans l'appartement qu'il occupe avec Lila, il se concentre et visualise. La cloison qu'il faut faire coulisser pour accéder à la chambre, le lit dans l'alcôve, le papier peint avec des nénuphars, les descentes de lit en fourrure synthétique, le grand canevas accroché au mur du salon, le lampadaire et ses cônes de plastique, le cendrier en cristal sur la table basse, le grille-pain offert pour leur mariage, dont ils ne se servent pas, pourtant bien visible sur le buffet de la cuisine, le sucrier et sa pince, offert lui aussi, tout le nécessaire de table qu'ils ont si peu eu le temps d'utiliser. Il passe en revue les pièces de l'appartement, et il place Lila, dans ce petit théâtre, où bon lui semble, dans l'entrée en train d'ôter sa gabardine, devant le miroir de la salle d'eau à dessiner un trait sur ses paupières, ou les jambes croisées sur un fauteuil du salon.

Malgré le manque de Lila, Antoine aime être là. C'est une révélation, il ne s'y attendait pas. Il ne pourra jamais le reconnaître vraiment. Depuis qu'il s'occupe de l'amputé, il se lève sans problème le matin, il a mal dans le dos à cause du matelas, il a l'estomac qui brûle à cause du café qu'il faut avaler en moins de cinq minutes, mais ce n'est rien, il sait qu'Oscar l'attend, même s'il demeure silencieux. Il est comme aimanté.

Antoine ne cesse de lui parler, il improvise un monologue qui lui est destiné, il est sûr qu'il entend. Antoine sait qu'Oscar vient d'Auvergne, alors il évoque la campagne, qui est aussi celle de ses grands-parents. Il se souvient des volcans, il connaît le nom des puys, le Puy-de-Dôme, le Puy de Sancy, le Puy de la Vache, et il guette une lueur dans les yeux d'Oscar. Il invente des lacs noirs et profonds dans les anciens cratères, des animaux maléfiques qui hantent les abysses, et il finit par évoquer la bête du Gévaudan, la légende qui n'a jamais quitté la mémoire des Auvergnats. Il attend qu'Oscar se souvienne. Il sait qu'il lui faudra du temps.

Antoine imagine une histoire pour la jambe d'Oscar, à voix haute. Il a dû se trouver comme dans un volcan en éruption, il a volé en l'air, propulsé par la lave en fusion, son corps s'est disloqué, les détonations ont abîmé ses tympans, et ses membres ont brûlé vif. Antoine ose cette histoire, pour qu'Oscar réagisse, même s'il se fait rejeter. Mais rien n'arrive encore, ce n'est que le début. Antoine défait le pansement. En silence cette fois. Il nettoie, il ne se presse pas. Il masse, et c'est lui que cela détend.

Le médecin lui a donné un objectif, il faudrait qu'Oscar finisse par regarder. Il faudrait l'empêcher de détourner la tête, désormais. Ce sera la prochaine étape. Accepter le membre amputé. Quand Antoine s'occupe de la jambe, il parle des volcans, ce sera un code entre eux, cette histoire de volcans.

Taha fait le ménage avant qu'Antoine arrive dans la grande salle des blessés. Il passe la serpillière. Cela ne lui fait rien si Antoine marche sur le sol encore mouillé. Il dit *La yuhimm* en riant. Ce n'est pas comme Lila qui interdit strictement le passage quand elle brique l'appartement. Taha devra bientôt

ANTOINE

nettoyer les vitres, on ne voit presque plus à travers, à cause du vent, toujours, qui fait voler la poussière. C'est ce qu'ordonne Tanguy, le nouveau capitaine. Taha fait partie des harkis qui vivent dans le baraquement au fond de la cour, et qui reçoivent une formation accélérée pour devenir chauffeurs. Quand Antoine raconte le soir près de la citerne, Martin répond qu'il a une équipe d'Algériens pour la plonge et les poubelles.

Dans la lettre qui arrive enfin, Lila dit qu'elle est enceinte de bientôt douze semaines. Elle n'en a pas parlé à sa famille. Comme si cette réalité n'était encore qu'une hypothèse. Il est le seul à savoir. Elle ne précise pas si elle est heureuse ou toujours aussi désespérée. Elle s'attarde sur son travail, sur sa collègue Suzanne qui prépare ses vacances. Elle évoque l'idée de passer le permis de conduire. Elle ne sait pas quoi faire de ses dimanches. Elle a envie d'autre chose que de rendre visite aux parents. Elle a pris l'autobus et est allée au zoo. Mais elle n'a croisé que des familles ou des couples. Elle est restée longtemps devant la cage des fauves, à les regarder marcher de long en large, se disant que son sort était comparable à celui des lions, elle se sent captive et elle tourne en rond.

Antoine voudrait parler de la grossesse de Lila. Il aimerait un avis, un conseil, ou seulement une parole réconfortante, mais il voit bien que les gars ont d'autres préoccupations. Ils font toute une histoire pour un colis qui arrive ouvert, ils se jettent sur la nourriture comme s'ils étaient affamés. Ils se contentent de jouer aux cartes le soir, le rituel immuable, comme des garçons vieux avant l'âge, qui recréent un environnement familier, ennuyeux, si étriqué pour des hommes de vingt ans. Ils ne cherchent pas à comprendre ce qui se passe autour d'eux, pourquoi les blessés arrivent dans cet état à l'hôpital. Ils se contentent de ce qu'on leur dit, la révolte des indigènes leur suffit, les *fells* que l'armée débusque, et puis interroge, les représailles, les attentats, les missions qui tournent mal. Depuis peu on entend le mot nettoyage, et aussi *gégène*. Le langage s'étoffe, se précise, les images s'installent. Les appelés encaissent et semblent s'y faire. Ils restent à distance. Ils n'ont pas encore d'avis.

Les garçons de la chambrée parlent des filles d'une façon décourageante, alors Lila enceinte, ça n'a rien à faire dans le baraquement. Ils en sont encore à s'exalter quand la conversation descend en dessous de la ceinture. Le grand Ludo se vante, Maxime, avec ses yeux de voyeur, le fait parler, le rouquin du fond ajoute des détails salés, Granger se met à avoir des tics quand il est excité, alors chacun invente des histoires pour le rendre fou. C'est leur sport le plus prisé. Seuls Martin et Philippe ne racontent pas des horreurs sur les filles. L'un est toujours dans le chagrin, l'autre dans l'amour, ça les préserve.

Quand Antoine prend son tour pour la visite au BMC (bordel militaire de campagne), il sait qu'à son retour il sera assailli de questions. Il fait peu de commentaires. Il met en garde les gars, les filles qu'il

ANTOINE

soigne sont contagieuses. Des visages charmants, des yeux enjôleurs, même traversés par la fièvre, des Françaises et des Arabes aux courbes prometteuses, dont l'intimité laisse entrevoir des lendemains terrifiants. Il donne aux filles les pommades à appliquer, il fait des piqûres, distribue des comprimés et des préservatifs. Et avec certaines il rit et il parle, de tout et de rien, de la solitude, de l'ennui, mais jamais de politique. Elles éludent et tournent les choses à la plaisanterie, elles jouent les filles écervelées, alors qu'elles en savent bien plus long que lui. Il est gêné la première fois, quand il doit examiner les chairs qui démangent, puis il se sent bientôt chez lui, attendu dans une alcôve reconvertie en infirmerie.

Alors il pense à Oscar, il se rend compte pour Oscar, comment va-t-il faire avec les filles ? Il se dit que si un jour il va mieux, il l'accompagnera. Ils viendront voir les filles. Certaines sont si compréhensives. Il se met à imaginer.

Depuis peu Jo prend des photos, il voudrait créer un laboratoire pour les développer mais impossible de trouver une chambre noire, un petit réduit ou même un placard à balais. L'armée a tout prévu, il suffit d'expédier les films chez Kodak à Sevran, qui renvoie gratuitement des diapositives. Les gars se fournissent au magasin de l'armée, en pellicules, en piles, en appareils photo ou postes de radio. Jo a une visionneuse dernier cri, qui ne vient pas du stock militaire mais que sa mystérieuse amie lui a envoyée, emballée dans une épaisse couche de papier journal. Il a toujours un temps d'avance, côté technologie. Jo n'a pas l'intention de faire un reportage. Il veut juste capter ce qui est différent. Il photographie les ciels, les cigognes qui nichent sur le pylône électrique, les fleurs de bougainvillée, les lucanes qui volent à la nuit tombante, la poussière qui s'élève en spirale, et l'idée du désert, qui fascine, dont on parle mais que personne ne connaît.

Antoine annonce à Oscar qu'il va s'absenter trois jours. C'est sa première permission. Il sait qu'Oscar entend, qu'il comprend, qu'il n'est pas heureux de cette brève séparation. Antoine essaie de ne pas lui parler comme à un simple d'esprit. Il évite de se donner trop d'importance.

Avant son long week-end, il voudrait qu'Oscar accepte de s'installer sur une chaise roulante. C'est la suite logique, la nouvelle étape. Il faut qu'Oscar se soulève, puis qu'il s'appuie sur sa jambe valide. Antoine voudrait réussir cela avant de profiter de ses journées libres, sinon il ne partira pas tranquille.

La chaise attend dans le couloir, vétuste mais en état de marche, Antoine guette le moment où il pourra l'avancer. Il espère et il craint la réaction d'Oscar. Tout le monde dans la salle est au courant, les autres blessés moins gravement atteints voudraient être aux premières loges, inquiets mais surtout soulagés de ne pas être à sa place. C'est pour cela que tout le monde l'aime bien. Grâce à lui, ils voient à quoi ils ont échappé, et ils s'en trouvent presque apaisés.

Mais Oscar est agressif, il a refusé de manger, il a presque grogné quand le médecin s'est assis sur le bord du lit, il régresse. Il est si agité qu'on imagine qu'il va parler. On se dit que c'est pour aujourd'hui, Oscar va contester et donc ouvrir la bouche. Le médecin a prévenu que chaque nouvelle étape déclencherait une crise, il faut s'y attendre. Il voudrait qu'il puisse pleurer, s'il ne parle pas, qu'il pleure. Les garçons ne pleurent pas, on est bien d'accord, ajoute-t-il, mais dans ce cas il doit lâcher. Il dit à Antoine que le prochain objectif, ce sera qu'Oscar s'effondre un bon coup. La chaise attendra, on n'est pas à trois jours près.

Dans la soirée, Sidi-Bel-Abbès est touchée. Une grenade dans un café, quinze blessés. Les gars se sentent concernés soudain. Ils connaissent le café, tout proche, ils y sont déjà allés. Ils veulent écouter la radio, les informations plus que les chansons, ils cherchent différentes stations, ils augmentent le son. Ils se parlent, ils vérifient que c'est bien le café qui fait l'angle, à côté de l'auto-école. Même Granger, même le Rouquin posent des questions. Le grand Ludo n'a plus l'air absent. Leurs interrogations tournent en boucle, à quelle heure, ils étaient combien, pourquoi là. Ils disent les ordures, les bâtards, ils ne risquent pas de jouer aux cartes dans le baraquement qui devient soudain trop étroit, ils ont besoin de bouger, ils sont comme des animaux excités d'un coup, ils voudraient les choper, les enflures qui ont

ANTOINE

fait ça. Ils disent qu'ils commencent à comprendre pourquoi ils sont là. Ils disent que si on les cherche on va les trouver. Les paroles fusent, les commentaires se contredisent, les réactions viriles s'enchaînent. Ce n'est pas beau à entendre. Mais au moins les garçons se réveillent, on les sent vivants. Face à la menace qui apparaît.

Ce que disent Antoine et Martin ce soir-là près du figuier n'est pas comme d'habitude. Ils se demandent si leur permission ne va pas être annulée. Ils aimeraient savoir s'ils vont finir par entrer en scène. S'ils vont devoir prendre les armes malgré leurs blouses d'infirmier et de cuisinier. Ils sentent qu'ils vivent un tournant, ils se mettent à jeter des cailloux contre le mur, de plus en plus violemment, puis en visant le bidon avec l'eau croupie, et même les salamandres.

Jo est absent depuis hier, il a conduit le colonel jusqu'à Oran. Il part en mission, il fait des mystères. Lui saura, il aura interdiction de parler, comme toujours, mais en insistant il fera quelques allusions que les gars transformeront en informations.

Antoine, pris de mélancolie après l'attentat, écrit à ses parents. Mais il ne dit rien de la grenade dans le café. Il espère qu'ils n'auront pas eu la nouvelle. Il pourrait écrire à Lila, mais c'est à son père qu'il pense, parce que lui a connu la guerre. Parce qu'il a une idée sur les événements, un avis qu'il n'hésite pas à donner. Il se passe beaucoup de choses en France, le père d'Antoine lui fait parfois un résumé. Il mentionne le gardien de la paix assassiné à

Un loup pour l'homme

Colombe dans la banlieue parisienne, par un groupe FLN, les trois Algériens découpés en morceaux retrouvés dans une valise, la bombe posée devant l'appartement du commissaire chargé de la lutte anti-FLN, à Toulon. Il se désole que de nouveaux essais nucléaires aient eu lieu à Reggane, se félicite qu'Antoine n'ait pas été envoyé dans le Sahara, comme le fils des voisins. Il en sait plus qu'Antoine sur l'escalade du conflit, il lit *L'Humanité dimanche*, il voit comment la rébellion gagne et n'obtient de réponse que par la violence. Il a toujours dit que cette histoire d'Algérie, c'était une aberration. Il est pour l'Algérie algérienne depuis le début, en bon communiste. Il voudrait convaincre Antoine, qui ne s'engage pas, à cause de la révolution de Budapest, matée il n'y a pas si longtemps. Depuis qu'Antoine a vu des images d'actualité au cinéma l'année de ses vingt ans, montrant l'arrogance des chars soviétiques face aux étudiants qui ouvraient leur chemise en signe de défi, il crache sur les communistes qu'il laisse à son père, et à propos desquels ils se sont souvent affrontés. Et pourtant, c'est à son père qu'il veut raconter ce soir, même s'il n'osera jamais lui dire la peur qui gagne, les premiers signes de fatigue, et l'incertitude face à l'enfant dont il sera peut-être père. Il décrit Oscar et sa jambe, les légionnaires en tenue qu'on croise en ville, les bonnes bières qu'on boit en terrasse, les indigènes qu'on vaccine, et le gros lézard vert qu'il commence à apprivoiser. Il raconte et il dessine. Il a l'impression de redevenir un petit garçon, qui s'applique, et n'aborde dans ses rédactions que les sujets corrects, comme il le faisait à l'école. Tout occupé à rassurer et à plaire. On ne se plaint pas auprès d'un père qui a laissé une partie de sa figure lors d'un interrogatoire avec les Allemands.

Avant de partir, Antoine demande à Oscar s'il a envie de quelque chose. Il dit qu'il va voir la mer. Qu'il faut bien occuper le temps. Mais Oscar secoue la tête. Antoine voudrait lui serrer la main, il s'approche et finalement fait le mouvement de celui qui embrasse. Il le prend contre lui. Et Oscar ne le repousse pas.

Une fois assis sur la banquette de bois, Antoine regarde les femmes et les enfants debout près d'eux dans le wagon, chargés de légumes et de pastèques. Des Arabes, trop chaudement habillés pour la saison, qui voyagent jusqu'à la prochaine gare. Antoine et Martin ne paient pas, c'est l'armée qui leur permet de circuler gratuitement. Ils se savent privilégiés, mieux lotis que la population. Ils sont les seuls hommes à bord, en habits militaires, comme l'exige le règlement, à part deux vieillards mutiques drapés dans leur djellaba, bien calés au fond. Ils ignorent s'ils doivent proposer leurs sièges aux femmes, si c'est une offense ou une marque de respect.

Antoine s'abandonne un instant au paysage, avant l'arrivée à Sidi Brahim, se perd dans le vert vif des vignes, puis dans le feuillage des eucalyptus qui longent la voie. Il boirait bien un verre de vin, il se laisserait bien dériver dans un monde d'ivresse, où il n'aurait rien de particulier à accomplir. Il ferme les yeux, il s'imagine avec un enfant sur les bras, il respire fort comme s'il avalait une taffe de fumée.

ANTOINE

Il est pris par le vertige, soulevé, emporté, mais d'un coup l'angoisse le gagne, son estomac se serre, il a peur que le train ne saute, que l'avenir n'arrive jamais et que Lila ne reste seule avec l'enfant à naître. La peur est là, qui gagne, celle de la guerre qui couve, celle de la vie qui vient, dont il pressent qu'elle est trop exigeante pour lui.

Antoine s'endort au moment où le train traverse une forêt, puis une oliveraie plantée sur des hectares. Il ne voit pas l'un des paysages les plus luxuriants du pays, aux nuances de vert qui virent parfois à l'argent. Il ne sait pas que c'est sur ces terres qu'a eu lieu la fameuse bataille de Sidi Brahim, entre les troupes françaises et Abd El Kader, trois jours et trois nuits pendant l'année 1845. Il dort, on ne peut pas dire tranquillement, mais sans doute pour oublier qu'il a sur les épaules beaucoup plus de choses qu'il ne peut en supporter. Et que la guerre à laquelle il va se livrer est comme l'histoire qui se défait, une colonie qui se délivre, une cause perdue d'avance, même si personne, au milieu de l'année 1960, n'accepte de voir les choses ainsi.

Quand il revient à lui, secoué par la poigne de Martin, une immense étendue d'eau miroite sur la gauche. C'est la Grande Sebkha d'Oran, le lac salé à perte de vue qui menace les cultures alentour. Ils assistent à un vol de flamants roses, sans se rendre compte que la scène est d'une élégance rare. Ils voient les oiseaux battre des ailes, s'élever au-dessus de l'étang, mais ils ne comprennent pas que ce sont les oiseaux d'Europe qui ont migré ici pendant l'hiver, et qui s'apprêtent à faire le chemin inverse. Ce serait un comble que des bidasses s'émeuvent devant un vol de flamants roses, ils n'en ont jamais vu en France, pas même près de l'étang de Vaccarès où Antoine a campé avec Lila, lors de leurs premières vacances ensemble. Sans doute plus occupés à se dévorer de baisers qu'à observer les oiseaux. Et pourtant, ils se penchent par la vitre, tout entiers absorbés par la scène, et par la couleur de l'eau, plus blanche que bleue, mystérieuse comme une longue traînée de sel qui lentement s'évapore.

Ils descendent près du centre d'instruction du régiment d'artillerie, on leur a conseillé de ne pas trop s'en éloigner, au cas où. Ils s'installent dans une pension où une femme aux cheveux rouges leur tend deux clés, en leur parlant en espagnol. Elle dit que deux hommes ne dorment pas dans le même lit, mais cela leur est égal, ils seront toujours mieux que dans le baraquement de l'hôpital, et ils n'ont pas beaucoup d'argent. Elle passe une main dans les cheveux ras d'Antoine, dont elle dit qu'il a de beaux yeux, en français cette fois, avant d'éclater d'un rire d'ogresse. Et le tic d'Antoine reprend, qui cherche les contours de son crâne.

Ils ne font pas un détour pour voir les arènes. Ils ne sont mus que par l'idée de trouver le chemin qui conduit à la mer. Ils marchent les mains dans les poches, dans l'air chaud de l'après-midi, en direction du port, et croisent peu de monde à l'heure de la sieste, seulement quelques hommes affairés à

ANTOINE

l'approche des quais. La Méditerranée est là, épaisse, profonde, imposante. Qui les happe intégralement. Ils n'ont envie de rien d'autre que de s'asseoir à une terrasse et observer les cargos amarrés. Ils ne parlent pas, ils se contentent de respirer l'odeur d'iode et d'algues, mêlée de fuel. Ils restent là, au bord du boulevard, à boire des anisettes, en regardant droit devant, vers le nord et donc vers la France qu'ils n'ont pas encore tout à fait quittée.

Ils avaient prévu de marcher sur la corniche, de prendre un peu de hauteur pour contempler le soleil se couchant sur la baie, mais ils sont assommés par la chaleur, et aussi par le vague à l'âme qui vient les cueillir d'un coup. Ils voient les ferries qui ne les ramèneront pas, ils entendent les sirènes hurler, et c'est au moment où la fumée sort des cheminées, où les machines se mettent en route, transformant l'eau en écume, qu'ils se sentent flancher. Ils sont arrêtés dans leur élan, et comprennent qu'après avoir buté sur le rivage, ils n'ont plus de destination, il leur faut occuper toutes ces heures à jouer les touristes, alors qu'au fond ils n'ont pas envie de découvrir la ville, ni de prendre du bon temps.

Antoine commande un autre verre, puis un autre, et la nuit finit par tomber, dans l'agitation de cette veille de week-end. Le serveur, un gars à l'accent pied-noir, est lui aussi bientôt appelé pour le service militaire. Nouvelle tournée d'anisettes. L'air est de plus en plus doux et les visages de moins en moins tendus. Antoine se met à parler, de lui bientôt père, il dit qu'il arrose. On sent qu'il est perdu, il flotte sur cette terrasse au bord de la Méditerranée, ni tout à fait ici ni vraiment là-bas. Alors il trinque encore une fois à la santé de Martin, puis du serveur, puis du garçon qui va naître, Antoine imagine que ce sera un garçon, il dit qu'il sera le portrait de son père, puis il glisse sur sa chaise, et c'est déjà la nuit.

Ils ne retrouvent pas l'hôtel, ils font un long détour, se tiennent parfois au mur, traversent la rue sans regarder. Ils tournent autour de la mosquée du Pacha, reviennent sur leurs pas, puis restent longtemps assis sur un banc dans un jardin public planté de palmiers. Antoine ne veut plus avancer, il cueille des fleurs qu'il offre à Martin, puis ils s'allongent dans l'herbe râpée et s'endorment derrière un massif de lauriers roses, comme s'ils étaient des adolescents en virée. Alors que la guerre menace, que les rebelles et l'armée s'entre-tuent. Ils s'endorment dans l'inconscience de ce qui arrive, bercés par la folie d'avoir vingt ans.

Le lendemain, à la recherche d'un sandwich, ils traversent le marché d'Eckmühl grouillant de monde, chargé d'odeurs d'épices, et de cris dans toutes les langues. Antoine, qui souffre d'un mal de tête tenace, sent le sable qui revient dans sa bouche. Il voudrait accélérer le mouvement, saisi par l'appréhension que n'explose une grenade, et pour ne pas rater l'autocar pour Arzew. C'est la patronne de l'hôtel qui les a sommés de se rendre sur le plus beau rivage du pays, à la Fontaine des gazelles, où l'on déguste les crabes et les sardines grillés sur des barbecues improvisés. Elle a aussi évoqué le phare

ANTOINE

d'Arzew, planté en pleine mer, s'ils sont bons nageurs ils peuvent tenter de l'atteindre, c'est le défi des Oranais. Antoine et Martin ne peuvent pas se défiler, ils savent qu'au retour, ils devront raconter. Et à défaut de traverser la mer, ils vont en traverser un bras, c'est une épreuve à leur portée.

Ils ont trop chaud derrière les vitres du car, bondé de pieds-noirs qui vont se baigner, malgré les courants d'air qui font voler la chevelure des femmes. Ils n'ont qu'à suivre les familles à leur descente, transportant glacières et parasols, et emprunter un chemin jusqu'au rivage. Le phare est là, blanc et bien visible, mais à une distance qui inquiète Antoine.

Des moules sont accrochées à la paroi rocheuse, par grappes bien fournies, des anémones ondulent dans de petites poches d'eau. Des oursins apparaissent, comme des bogues de châtaignes qui luisent dans la transparence. Antoine et Martin se déplacent avec prudence, il ne s'agit pas de se blesser. Puis ils se trempent à mi-cuisses, dans le ressac qui les éclabousse. Ils frissonnent et trouvent étrange d'être les seuls à envisager de plonger. Ils n'osent pas dire qu'ils n'ont plus envie de se baigner. Antoine voulait accomplir quelque chose dont il pourrait être fier, mais l'excitation s'émousse. Il n'avait pas pensé au vertige devant la mer agitée et les fonds obscurs et inquiétants, peuplés d'espèces inconnues et, paraît-il, de mérous patibulaires.

Antoine menace de jeter Martin à l'eau, pour qu'un événement se produise, mais aussi parce qu'il aimerait le mettre au défi, voir ce qu'il a dans les tripes. Alors il l'attrape par le bras et fait semblant, puis il se lève et domine Martin, resté assis un peu crispé dans son maillot démodé. Il sent que monte en lui quelque chose de mauvais. C'est comme s'il se vengeait sur Martin de son propre renoncement. Martin se débat, mais sans rire, sans prendre de plaisir à l'affrontement, puis se met à crier qu'il ne sait pas nager. Si fort que les familles, installées plus haut et déjà occupées à préparer le feu des barbecues, tournent la tête vers eux.

Alors, d'un coup, Antoine plonge, c'est la seule issue possible. Il va se laver de ce qui l'oppresse. Il va livrer sa petite bataille, mètre après mètre, il va se maintenir à la surface de l'eau et ne plus penser à rien. Juste braver les vagues, bouger les bras et les jambes, respirer, souffler, aller plein cap sur le phare. Il va fermer les yeux pour résister au sel et à la lumière aveuglante, il va solliciter chacune des cellules de son corps, leur demander le meilleur, et mettre en branle la mécanique impeccable, cœur, sang, poumons pour le propulser vers son but. Il va prendre le temps, se concentrer sur son objectif, ne pas faiblir. Puis il va escalader les quelques mètres de roche qui lui permettront d'accéder au phare, il va se hisser en s'écorchant aux arêtes coupantes et, depuis son rocher, il va regarder l'Algérie. Il aura pris quelques centaines de mètres de recul pour contempler la terre sur laquelle il va vivre les mois et peut-être les années à venir, cette terre dont il

Antoine

ignore encore tout. Il va aller au bout de ses forces et en revenir épuisé, essoré, mais enfin calmé.

Et une fois revenu auprès de Martin, qui ne l'a pas lâché des yeux, il annonce, avec un sourire entendu, qu'il a essayé de nager avec une seule jambe, il a encore besoin d'entraînement mais il est sûr qu'il est possible d'y arriver.

Oscar n'a pas voulu s'asseoir sur la chaise roulante. Le médecin dit qu'il attendait le retour d'Antoine, mais personne ne sait ce qui se passe dans l'esprit d'Oscar. Il a seulement fait non avec la tête, puis il s'est raidi si fort sur ses bras que les infirmiers ont renoncé à le faire basculer sur le siège avancé près du lit. Antoine est à la fois déçu mais rassuré. Il n'aurait pas aimé que l'opération se fasse en son absence. Comme il n'aimerait pas qu'un jour son enfant fasse ses premiers pas quand il aura le dos tourné. Oscar lui devait ce moment, c'est en tout cas ce qu'Antoine veut croire.

Il ne sait plus comment reprendre le fil. Oscar n'est pas comme avant. Il ne plante pas son regard dans le sien. Il ne manifeste pas sa joie de le revoir, pas plus qu'il n'exprime inquiétude ou impatience, comme il avait l'habitude de le faire. Il est là, simplement posé sur le lit, l'air fatigué. Sa poitrine se soulève péniblement et on entend le son de sa respiration, parfois irrégulière. Antoine prend sa tension une nouvelle fois, pour être sûr que tout va bien. Mais la tension s'est modifiée depuis le matin, de moins en moins rassurante. Et Oscar n'a rien mangé. Antoine n'est pas expérimenté, il a acquis quelques notions simples, surveiller le pouls, la température et les réflexes, mais il n'est pas assez formé pour savoir si le blessé est en danger. Il voit à l'œil nu qu'Oscar souffre, et qu'il refuse de franchir une étape décisive.

Le médecin parle de transférer Oscar à Oran si le malaise persiste. L'hôpital de Sidi-Bel-Abbès n'est pas équipé pour opérer. S'il s'agit d'une rechute, si une infection se déclare, qui nécessite un traitement particulier, ou une nouvelle amputation, il est préférable d'anticiper. Antoine n'a pas le droit de rester près de lui la nuit, il n'est pas question qu'il s'improvise de garde, et pourtant il aimerait le veiller. Antoine rentre au baraquement après cette première journée, abattu. Il reste longtemps à fumer sous le figuier, mais sans Martin, qui a décidé d'écrire à ses parents. Il ne ferme pas l'œil de la nuit.

Le lendemain, Antoine est envoyé en urgence à la caserne de la Légion où un béret vert vient de sauter. Ils sont deux infirmiers, un brancardier et un médecin à monter dans l'ambulance, escortée par une jeep. Ils foncent, ne savent pas encore que c'est trop tard, que le garçon s'est jeté par la fenêtre du troisième étage selon la coutume de « la chandelle », c'est-à-dire la tête la première, pour être sûr de ne pas en réchapper. Leur arrivée se fait dans le silence, les troupes sont habituées. Salut à l'entrée du quartier, ils contournent le bâtiment et garent les véhicules.

Un loup pour l'homme

Antoine comprend qu'il n'y a plus rien à faire, il croit donc qu'il n'y a rien à faire. Mais il est là pour une tâche tout autre. Il faut récupérer le corps et les morceaux disloqués. C'est aussi simple que s'il devait évacuer des gravats sur un chantier. Personne ne semble bouleversé. Il cherche les regards autour de lui. L'autre infirmer, Morand, un nouveau, n'ose pas lever les yeux, le brancardier est dans la routine, le médecin s'entretient avec un gradé de la Légion et prend des notes sur un carnet. Personne ne répond à l'appel muet d'Antoine, personne n'a l'air d'admettre que c'est un drame. Les gestes et les paroles de chacun sont techniques. On ramasse, on fait vite. Antoine ne sait pas coordonner ses mouvements, ses jambes ne le portent plus. Il s'appuie contre l'ambulance. On le secoue. Il doit agir, il doit être efficace et prouver sa résistance. Le brancardier déplie une bâche en plastique d'un geste sûr. Puis, une fois que le corps est enveloppé, un béret vert arrive avec un tuyau d'arrosage, chargé d'effacer les traces. Aux fenêtres, quelques gars ont assisté à l'opération, qui n'a pas duré plus de quinze minutes.

La nouvelle lettre de Lila est comme une tempête. Le ton est optimiste, déterminé, elle a pris des décisions et on sent qu'elle est habitée par l'énergie. Même le style est plus vif, moins lancinant. Elle va droit au but. C'est comme si elle renouait le fil qui commençait à se distendre depuis bientôt deux mois, ce que chacun avait senti, et reprochait secrètement à l'autre. Lila envisage de démissionner et de venir retrouver Antoine. Le plus simplement du monde. Elle n'a pas d'autre choix que de garder l'enfant, elle se fait à l'idée, mais elle ne veut pas vivre cela seule, c'est ce qu'elle souligne. Elle dit « c'est une histoire entre toi et moi », et un peu plus loin elle révèle qu'elle se penche chaque soir sur la carte d'Algérie, qu'elle déplie sur la table de la cuisine, et dont elle commence à connaître les reliefs et les rivages. Elle dit qu'elle veut être l'égale d'Antoine, que l'Algérie a l'air d'un berceau idéal. Elle n'a pas envie de faire comme les autres femmes, qui subissent et se lamentent sans rien faire. Elle s'est renseignée sur les vols entre Lyon et Oran, elle a de quoi acheter un billet. Tout est prêt, elle n'attend plus que l'approbation d'Antoine. On sent la vitesse avec laquelle elle a décidé, son impatience, pour ne pas dire son empressement.

Elle l'avait énoncé avant le départ, qu'elle viendrait, qu'elle aimerait le rejoindre, mais il n'y avait pas cru, il avait répondu que ce serait le rêve, pour la rassurer, pour se rassurer lui-même, et puis il avait oublié, convaincu que l'idée n'était pas sérieuse. Il s'était rendu compte, une fois sur le terrain, qu'il n'y avait pas de place pour une femme, encore moins pour une femme et un nouveau-né. Alors la lettre de Lila le saisit, c'est du doute et de la joie mêlés, ce sont trop de sensations en même temps. Elle lui demande son avis, ou plutôt son acquiescement. Mais il sait qu'elle a pensé à tout, que sa tête est déjà ici, près de lui, il ne servirait à rien de l'en dissuader. Il connaît Lila, elle ne renonce jamais. Elle est déjà dans l'action, tout entière projetée par-delà la Méditerranée. C'est trop abrupt pour Antoine, lui qui était en train de s'habituer doucement à la situation. Il avait mis tout ce temps avant de comprendre où il était. Déjà il faut tout chambouler. Il est fou de Lila mais Oscar est entré dans sa vie.

Antoine ne dort plus, à cause d'Oscar qu'on va sans doute transférer, à cause des images du légionnaire, et du coup de soleil attrapé à Arzew. Et de la décision de Lila qui le tourmente. Il s'en veut d'avoir caché, dans ses lettres, le danger, la violence et la sauvagerie de la vie ici. Il s'en veut d'avoir mis

Antoine

l'accent sur la douceur de l'air, la beauté du ciel au couchant et l'affection qu'il voue à Oscar. Il ne comprend pas comment il a pu travestir la réalité à ce point, comment il a pu cacher la tension qui étreint le pays, derrière les murs de l'hôpital. Il a tu l'état des blessés, ceux qui portent un bandage si épais qu'il est impossible de glisser un mot à leur oreille, ceux qui tremblent quand ils perçoivent un bruit, une fenêtre qui claque, ceux qui bavent et ne peuvent maintenir leur menton en place, ceux dont la peau des mains a brûlé et qui ne caresseront plus le corps d'une femme.

Il ne peut faire machine arrière, il ne veut pas effrayer Lila, après ce qu'elle a traversé, après les efforts qu'elle a faits pour préserver la vie qui monte en elle. Il ne peut pas briser son élan, elle pourrait penser qu'il ne veut plus d'elle, qu'il trouve des prétextes. Il n'a pas été assez prudent, il perçoit sa naïveté. Il a cru ce que l'armée leur avait dit, qu'ils allaient simplement œuvrer à la *pacification*, alors qu'il voit chaque jour arriver dans le service les jeunes abîmés, disloqués, brisés. Il savait tout cela, mais le raconter, l'écrire à Lila, ça l'aurait fait exister. Il a préféré taire ce qui le bouleverse. Aujourd'hui, Antoine voit tout en noir. Il s'inquiète pour Oscar, il ne supporterait pas qu'on les sépare.

Le lieutenant qui supervise l'intendance a dit qu'on ferait cuire Lila aux petits oignons, puis il a ajouté que, s'il fallait un coup de main pour trouver un appartement, il savait à qui s'adresser. Le lieutenant Richard est un gros type qu'on imagine partout sauf à l'armée. Il n'a rien à faire en cuisine mais il goûte les plats avant qu'ils partent au réfectoire. C'est plus fort que lui, dès que la fumée s'élève des fourneaux, dès que le contenu des boîtes réchauffe dans les fait-tout, il quitte son bureau, remonte le couloir, guidé par un instinct carnassier, et fait irruption dans le territoire que Martin partage avec deux autres cuisiniers. Il rit déjà à l'idée de ce qu'il va porter à sa bouche, il sait que la saveur sera décevante, que le goût sera fade et même repoussant, mais il ne peut s'empêcher de soulever les couvercles, et de renifler comme si un festin mijotait, alors qu'il s'agit de blocs tout juste démoulés de leurs boîtes en fer, de gelée changée en sauce, de corned-beef pétrifié enfin libéré de son confinement. Il livre son commentaire, il ne trouve rien à son goût, bien évidemment, mais espère chaque jour découvrir le mets qui le mettra en transe, le plat parti de France il y a belle lurette et enfin arrivé par bateau, le bœuf bourguignon cent fois fantasmé, la blanquette de veau comme la préparait sa mère, le cassoulet ou l'andouillette à la mode de Caen. Il n'hésite pas à rester en cuisine à prendre le chaud, à transpirer dans la vapeur des cocottes, il n'a pas de honte à gêner les cuisiniers dans leurs manœuvres, de peur de manquer le chapelet de saucisses qui assouvira le manque qui l'oppresse, et sans doute l'angoisse de sa vie ici, à diriger des opérations routinières, veiller à ce que les boîtes d'œufs soient comptabilisées, les bidons d'huile et les paquets de café, s'assurer qu'il ne manque rien sur les palettes de livraisons, ni le sucre humidifié dans les cales du bateau, ni la piquette de vin rouge abondamment secouée, ni les ustensiles qui se cassent et qui s'usent, et qu'il faut renouveler. Le lieutenant Richard dit qu'il faut s'adresser au garage Peugeot près de la place centrale. Il faut parler au patron, un certain Alcaraz, qui loue des meublés près de l'avenue. Il faut y aller le matin parce qu'après, le trop d'anisette lui a tapé sur la tête. Richard ne ménage pas ses efforts, il donne ses contacts, ses tuyaux, on sent qu'il a besoin de se rendre utile, de faire autre chose que de gérer la pitance des bidasses. Il dit que le quartier est agréable à vivre, il y a un cinéma, des cafés tous les cent mètres, des épiceries, et surtout une boulangerie avec les meilleures montecao de tout l'Oranais. Il dit à Martin qu'il va souvent boire une bière sur la place et s'envoyer un gâteau. Les jours de mélancolie, il n'y a rien de meilleur. Vu le gras qui s'installe par-dessus la ceinture, on imagine que la mélancolie est chronique. Le lieutenant, qu'on se figure en train de s'enivrer de l'odeur de cannelle des montecao en rêvant d'un autre monde, en devient touchant et presque inquiétant pour un militaire. Martin ne sait pas s'il traîne en cuisine réellement attiré par la nourriture ou si c'est lui qu'il aimerait dévorer.

Alcaraz fait celui qui ne comprend pas la situation. Martin et Antoine expliquent que ce n'est pas pour vivre à trois, seulement un couple tout ce qu'il y a de plus conventionnel. Marié. Femme enceinte. Pas pied-noir, oui, une Française du continent. Alcaraz n'y croit pas, qu'une femme vienne se mettre dans ce bourbier, au moment où ça va chauffer. Et puis il poursuit sur le mode de la fausse conversation, devant deux appelés qui n'ont aucun avis sur la question de l'indépendance, même pas le moindre souhait, il poursuit en rétorquant que les Français ne vont pas se laisser faire, que la partie n'est pas gagnée, et en s'adressant cette fois fermement à Martin et à Antoine, vous êtes là pour ça, non, empêcher qu'on ne se fasse déglinguer les uns après les autres. Il offre une tournée dans le bureau, les fait asseoir dans une étuve d'air poussiéreux, tâtonne un peu pour trouver des verres qui ne soient pas sales, disparaît derrière un rideau de lanières multicolores, et revient avec une carafe d'eau glacée. Alors on trinque, à un meublé qu'ils n'auront pas ! Que j'ai rénové de mes mains. Vous verrez, ce n'est pas le grand luxe, mais c'est bien agencé. Il faut que je vous montre, je demande à ma femme de vous accompagner, moi je bouge pas des bagnoles. Si je suis pas derrière Rachid il en fout pas une, ajoute-t-il en désignant le jeune garçon occupé à chercher un trou dans une chambre à air au fond du garage.

L'appartement est petit, un peu comme celui d'Antoine à Lyon, mais moins confortable. Un rideau sépare la chambre de la cuisine, et c'est tout. Pas même un salon, juste une alcôve assez large pour caser un lit d'enfant. La femme d'Alcaraz fait remarquer que la cuisine est particulièrement spacieuse, et la banquette parfaite dans cet angle. Un salon pour quoi faire ? Se permet-elle de commenter, avec

ANTOINE

un bébé, on a toujours les mains dans l'évier. Vous n'avez pas de salle d'eau, mais on se lave très bien dans un bac. Antoine regarde Martin, qui n'ose pas se prononcer, et constate simplement qu'à trois, ils se gênent déjà dans les vingt-cinq mètres carrés. Mais Antoine n'a pas envie de passer ses journées à chercher un appartement, il ne sait pas combien de temps Lila va rester. Il n'aime pas la couleur des murs, un beige éteint, et les luminaires, avec des dorures aussi clinquantes que celles des maisons de maître. Mais l'appartement est lumineux, le rideau entre les deux pièces donne du charme à l'ensemble, un genre de velours aux motifs orientaux. Le jardin public n'est pas loin, avec ses jets d'eau. Peut-être que cela suffira pour que Lila se sente bien. Antoine n'a jamais pris de décision seul, il se rend compte que c'est elle, toujours, qui a choisi, qui a tranché. Par contre, il espère qu'ils n'auront pas la femme d'Alcaraz sur le dos, parce que tout en elle le rebute. Et la façon qu'elle a, avant de refermer la porte, de parler du loyer, là sur le palier, de faire comprendre qu'elle leur fait une fleur, des conditions pareilles cela ne se refuse pas.

Le médecin convoque Antoine. Rendez-vous officiel dans le bureau après le rassemblement quotidien des infirmiers. Oscar va mal, mais ils vont le garder. Après quarante-huit heures d'observation, il s'avère que sa jambe cicatrise normalement. Ce n'est pas de là que vient l'inquiétude. Mais de sa santé mentale. Il n'y a pas de raison qu'il ne retrouve pas la parole. Il s'est entretenu avec le psychiatre. Ils en déduisent qu'il refuse probablement de parler. Le psychiatre penche pour cette hypothèse, mais il ne comprend pas ce qui l'en dissuade. Ses réflexes, ses gestes, sa façon de percevoir et même ses réticences et ses refus, tout tend à prouver qu'il n'est pas loin de recouvrer le langage. Le médecin rappelle qu'en tant que militaire il a une certaine expérience de la médecine de guerre. Il a déjà vu ce genre de cas, mais à ce point, cela est rare. Il pense qu'Oscar leur cache quelque chose. Il est possible qu'il simule, tôt ou tard il faudra qu'il accepte de céder. Le médecin dit qu'à présent c'est le capitaine qui s'adresse à lui. Il va être direct, il confie la mission à Antoine

ANTOINE

d'aider Oscar à sortir de son mutisme. Il a sûrement beaucoup à nous apprendre. Antoine n'a pas le temps de poser de questions. Il est encore immobile sur sa chaise quand le téléphone sonne. Le médecin lui fait signe de sortir, et ferme la porte derrière lui.
Oscar est assoupi quand Antoine approche. On lui a réservé un endroit au calme au fond de la salle, à l'écart des autres, ceux souffrant de simples fractures, de traumatismes des membres supérieurs, ou de plaies sans complication, qui rejoindront leurs compagnies dans quelques semaines, hélas, après avoir cru qu'un bras cassé suffisait pour être rapatrié. Antoine avait proposé un paravent à Oscar, qui avait hoché la tête, derrière lequel il peut se laisser aller à dormir sans être livré au regard des autres, tant dormir est une affaire intime, un plongeon où l'on risque de grincer des dents, gémir, ou même parler.
Antoine ne le regarde pas de la même façon, les paroles du médecin l'ont troublé. S'il avait raison, si Oscar simulait. Oscar se réveille, bouge le drap trop rêche, cligne des yeux à cause de la lumière mal tamisée. On ignore s'il cache quelque chose, mais l'étincelle dans son regard est de celles qui balaient les soupçons. Ses yeux d'un brun presque oranger disent ce qu'Antoine a envie de vérifier. La complicité qui grandit entre les deux garçons n'est pas feinte. D'autant qu'Oscar se laisse aller à un geste, simple et nouveau. De sa main gauche, il attrape l'avant-bras d'Antoine et le serre, d'une pression légère, il saisit le haut du poignet, et il le garde

dans sa paume un moment suffisamment appuyé pour que cet élan remplace toute parole.

Antoine défait le pansement tout en s'adressant à Oscar. Il voudrait savoir ce qui s'est passé pendant qu'il nageait à la Fontaine des gazelles. Il fait comme s'il n'y avait pas eu cet épisode de panique, la tension qui chute, l'absence de réaction à son retour de permission. Il répond à la place d'Oscar, puis il poursuit leur balade dans la campagne d'Auvergne, il demande s'il a imaginé les volcans qui se couvrent de genêts après que la neige a fondu à leur sommet. Il dit que cette année la nature est en retard, qu'on vient juste de faire monter les moutons. Il suppose parce qu'il ne sait pas le détail des saisons. Oscar écoute, ferme les yeux, et se laisse conter l'histoire que choisit Antoine, qui est la plupart du temps celle vécue à la ferme de ses grands-parents, toujours le même scénario, le puits dont l'approche est interdite, le champ avec les épouvantails, le tracteur que les enfants n'ont pas le droit de conduire, les chèvres qui dévalent la pente, le loup à leurs trousses, et qui finissent par tomber dans la rivière.

Oscar émet parfois un son qui vient de la gorge, comme un encouragement à poursuivre. Antoine dit qu'il aimerait bien revoir tout ce jaune, et les lacs dans lesquels il se baignait il n'y a pas si longtemps. Il a envie de fraîcheur, il s'en rend compte un peu plus chaque jour. Il défait complètement la bande, et il ose dire à Oscar qu'il pourrait nager dans un lac, il n'a pas besoin de ses deux jambes pour nager, il pourrait le parcourir d'une rive à l'autre aussi bien que n'importe quel homme, il pourrait même plonger dans les profondeurs, descendre dans le cratère et remonter de la lave changée en pierres. Il veille à ce qu'Oscar regarde sa jambe coupée, il doit s'en assurer chaque jour, il doit apprendre à supporter la peau recousue, et renoncer à penser à son mollet manquant. Mais ce matin, c'est Antoine qui a du mal à effectuer le massage, à part nager, il se demande ce qu'Oscar pourra entreprendre. Il ne sait rien de lui, que faisait-il près de Clermont-Ferrand ? Travaillait-il chez Michelin ou dans les filatures ?

Pendant le massage, Antoine demeure silencieux, il a besoin de toute son énergie pour se concentrer sur la cuisse, faire circuler le sang, redonner aux chairs de la souplesse, mais Oscar est tonique. On sent sous la peau des tressaillements nerveux, les muscles qui affleurent, se tendent au moindre contact. Antoine est rassuré, la fatigue des jours précédents n'était qu'une fausse alerte. Ils vont pouvoir progresser.

Martin est en train de changer. Il ne parle plus de Nicole le soir près du bidon, ou par de simples allusions. On comprend que Nicole n'était pas la femme de sa vie, comme Lila pour Antoine. Il dit que jamais elle n'aurait pris l'avion pour le rejoindre, elle n'aurait pas eu ce courage. Les gars sont impressionnés que Lila débarque sur le sol algérien, c'est la fierté d'Antoine, d'avoir une femme qui traverse la mer aussi facilement que la place du village. Il y a juste le grand Ludo qui la trouve trop collante.

Martin en a assez de faire réchauffer la nourriture pour la compagnie, il aimerait aller voir ailleurs, mais on sait qu'ailleurs est moins bien que planqué derrière les murs de l'hôpital. Il vaut mieux qu'il se fasse oublier. Il n'a pas le regret des parents restés à Rodez à faire fondre le chocolat dans l'arrière-boutique, à fréquenter la messe dans la cathédrale glacée et à ramasser des champignons dans les bois. Son éloignement lui aura au moins servi à cela, constater que ses parents et sa vie là-bas ne lui manquent pas. Il fume de plus en plus, pique dans le paquet d'Antoine, qui n'était pas un vrai fumeur mais est en train de le devenir. Les deux aiment ce moment loin des autres, dans le calme de la coulisse, juste après le repas du soir, à regarder vers l'ouest la lueur du jour qui met de plus en plus de temps à décliner, le ciel qui vire à l'orange, puis parfois au violet. Les deux, rincés de leur service, s'assoient parfois sur leurs talons sans parler, et allument la cigarette la meilleure de la journée, qu'ils aspirent à pleine goulée. Ils tracent des dessins dans la poussière ocre, des lettres, des symboles. Puis lissent le tout avec la main, d'un geste pensif, comme si les grains de sable étaient une peau vivante à caresser.

On annonce les premières grosses chaleurs. Juin est un mois de poussière et d'air suffocant loin des rivages. Et Sidi-Bel-Abbès souffre déjà de ce climat continental asséché par le sirocco qui souffle en de lourdes bourrasques et déclenche chez certains blessés des crises d'asthme.

Antoine est là depuis trois mois et c'est son premier départ à l'aube pour raccompagner les convalescents dans leur compagnie. Le convoi sera discret, une ambulance et, tout de suite derrière, un camion avec soldats en armes. Antoine se demande si ce n'est pas exagéré, ces fusils-mitrailleurs, ces grenades dans des caisses, et les munitions qu'on charge. Il prend place dans la voiture de tête, un genre de camionnette à huit places, aux côtés des deux appelés au visage endormi. Si un convoi est visé, on sait que c'est le chauffeur qu'on dégomme en premier.

Un loup pour l'homme

C'est Brahim qui conduit, un Algérien apprenti au centre de formation accélérée. On a demandé à Antoine de prendre une arme mais Antoine n'envisage pas de se servir du pistolet automatique, et le glisse sous le siège. Il sait qu'il n'a pas le droit, il doit être capable de riposter à tout instant, mais l'idée de tirer le met mal à l'aise. Les blessés redevenus des appelés opérationnels sont à nouveau armés. Quelque chose dans l'air n'est pas comme d'habitude. La façon dont le lieutenant leur a transmis les consignes au petit matin, le ton, peut-être plus viril, les vérifications plus appuyées, et une tape sur l'épaule, presque déplacée. Ou alors est-ce le ciel déjà chargé du sable du désert, virant doucement au brun, qui annonce le possible incident.

Antoine ne connaît des combats que ce que lui ont raconté les garçons alités. Il a eu contre lui leurs corps meurtris, mais jamais il n'a été le témoin du moindre accident, ni aucun des gars dans le baraquement. Et ce matin, sans qu'il puisse se l'expliquer, il est comme un animal qui aurait flairé le danger. Mais surtout, Lila arrive bientôt. Il l'imagine avec une petite valise et une robe d'été, qui attend dans le hall de l'aéroport, c'est la vision qu'il a le soir quand il s'endort, Lila qui le cherche, et lui qui ne vient pas.

Mais aux ordres on n'échappe pas, il faut raccompagner les gars dans leur caserne. Des fois qu'ils nourriraient d'autres projets, des fois qu'ils préféreraient se perdre dans les villes et disparaître, convaincus qu'on ne les y reprendra pas.

ANTOINE

Les véhicules traversent le quartier est de Sidi-Bel-Abbès à une allure soutenue. Puis la camionnette s'engage sur une départementale mal entretenue. Brahim accélère, bientôt pied au plancher, comme s'il fonçait pour échapper à des poursuivants. Derrière, le camion suit à la même vitesse, près de cent trente kilomètres heure, tout en gardant une bonne distance. Antoine ne dit rien, ne demande rien, il s'accroche à la poignée. Il est infirmier mais aussi militaire, parfois il ne sait plus quelle est sa place. Le sable amassé sur la chaussée se soulève, tourbillonne après leur passage, ils dépassent parfois une charrette tirée par un âne, sans précaution, et l'on devine que les Arabes installés sur la carriole, heureusement drapés, disparaissent sous la nuée. Mais les gens ici sont habitués à voir les véhicules de l'armée lancés à fond de train, dans la plaine et même aux abords des villes. Comme si les *fellaghas* tombaient du ciel, comme s'ils étaient planqués derrière chaque arbousier. Les embuscades sont dans les têtes, c'est une menace compacte qui enveloppe tout, qui se diffuse dans les esprits et change chaque déplacement en partie de roulette russe.

La camionnette poursuit sa course folle, toutes vitres fermées malgré la chaleur qui monte. Personne ne parle. Ralentissement pour un contrôle. Échange d'informations, rien à signaler. C'est la routine finalement, et la routine c'est le décompte des victimes des attentats les semaines précédentes, qui tournent dans la tête d'Antoine. C'est la répétition, qui soudain l'oppresse. La grenade qui a fait un mort et sept blessés dans une épicerie de Masséna et celle qui en fait autant dans un café d'Alger, ce sont les agriculteurs assassinés près de Karouba, Bourbaki ou Mostaganem, la voiture piégée qui explose au centre de Sétif, les voitures mitraillées, la grenade jetée dans un boulodrome, le chauffeur de taxi assassiné, le train de marchandises qui saute sur une mine, les grenades à Bône et à Philippeville. Ce sont les images qui accompagnent Antoine pendant ce transfert. Les morts français ou algériens, d'un côté ou l'autre de la Méditerranée. Les huit attentats en quelques jours à Paris qui ont fait cinq morts et trois blessés, les deux hommes rue de Montreuil, l'employé des postes rue de Crimée, le contrôleur de la SNCF passage Brunoy, le soldat français à Lyon, et le policier tué à Carpentras. C'est le lot quotidien dont Antoine prend soudain conscience, pendant que la camionnette file à toute allure sur la chaussée défoncée.

Il est en sueur, il entrouvre la vitre. Il faut arrêter la voiture, il se sent mal. Pourtant rien ne se passe, les champs alentour sont calmes, une légère brise fait bouger les feuilles des chênes-lièges en bord de route. Antoine se serait passé de cet épisode, l'infirmier qui flanche, on n'est pas habitué. Et les véhicules repartent. Dans une accélération tonitruante. Les deux gars endormis demandent si ça va. Plus pour briser le silence que réellement intéressés. Et bien sûr, ça va, tout va très bien. Ils foncent vers le pire, vers la folie, ils foncent vers leur drôle d'avenir, mais ça va, pour l'instant ça va.

ANTOINE

Une fois leur mission accomplie, ils reviennent par la route qui emprunte la corniche. Les voitures longent le golfe d'Arzew, Antoine reconnaît le phare et la mer dans laquelle il a nagé. Il se rend compte qu'une longue plage de sable s'étire à quelques centaines de mètres seulement des rochers où il s'était coupé la plante des pieds. Il comprend leur ratage, lui et Martin n'étaient que des bleus, de petites choses que tout déroute, pas même capables de repérer une plage. Alors si Antoine devait combattre les rebelles, s'il devait ruser pour leur échapper, résister aux lames de leurs couteaux, il ne donnerait pas cher de sa peau.

Antoine n'est pas un as de la lutte, il s'est battu une fois seulement quand il avait douze ans, dans la cour devant chez eux, à cause d'une insulte, il n'a pas hésité à se confronter quand un jeune de l'immeuble s'est moqué de son père et de sa gueule amochée. C'est le seul moment où il s'est jeté sur un garçon, mais il n'a pas donné de coups, il a surtout attrapé la chevelure, et il a tiré si fort qu'une touffe est venue dans sa main, d'un bloc, facilement. Il a été si surpris d'avoir un scalp entre les doigts qu'il est resté sans réaction, et sa hargne est tombée en même temps que le garçon hurlait. Il se revoit avec les cheveux que le voisin reprenait comme s'il allait les recoller sur sa tête, il se revoit soudain à l'arrêt, décontenancé, avant que les parents descendent se plaindre, et que ce soit lui qui prenne, des mains de son père, les coups qu'il n'avait pas su donner. C'est cet épisode qui lui revient alors qu'ils longent la mer et la plage peuplée de baigneurs, et l'on sent dans la camionnette que c'est là que l'instinct les porte, appelés et militaires, vers la grande bleue et son odeur qui entre dans l'habitacle et vient torturer leurs sens. Ils savent qu'au même moment les garçons restés en France, de l'autre côté, peuvent marcher dans le sable, ramasser des coquillages et jouer dans les vagues à éclabousser les filles. Le sous-officier assis à l'avant, qu'ils sont chargés de ramener à Sidi-Bel-Abbès, les rappelle à leur destin de soldats en révélant la présence à Arzew de l'École de guerre psychologique. Il précise que c'est là qu'on enseigne le lavage de cerveau. Directement importé d'Indochine. Fier de son effet, il allume une cigarette, comme si cela le rendait moins vulnérable, puis il dit aux deux infirmiers, impressionnés par le sérieux de la confidence, qu'ils peuvent oublier la mer, on revient aux choses sérieuses. Il demande à Brahim d'accélérer, c'en est fini de la balade d'agrément. La camionnette s'éloigne de la corniche, regagne la route empruntée à l'aller, et rentre à toute allure, avec le véhicule militaire à sa suite. En passant près des salines d'Arzew, Antoine, qui n'est plus malade, réalise que le paysage manque de vert. Il n'a pas vu de vert depuis le matin. Il ne pense plus aux *fellaghas*, il est décontracté et presque joyeux. La vie reprend. Et c'est Lila qui apparaît.

Partie II

LILA

C'est un rideau de pluie, un déferlement comme Antoine n'en a encore jamais connu. Tout le monde ne parle que de cela dans l'autocar. L'eau pas tombée du ciel depuis plusieurs semaines, qui va faire un bien fou à la terre et aux bêtes, redonner vie aux oueds, et faire friser les cheveux. La poussière se change en boue et déborde des rigoles quand Antoine descend devant l'aérogare. Ses chaussures sont trempées, et son pantalon maculé jusqu'aux genoux. Il avance courbé, sans parapluie, tirant le col de sa veste au-dessus de ses oreilles. Il ruisselle sous la douche tiède, alors qu'il a passé du temps à soigner sa tenue. Il a repassé une chemise et fait le pli de son pantalon ce matin au réveil. Il a ajouté un peu d'eau de toilette, empruntée à Martin. Mais c'est peine perdue. La pluie lave, rince, et à présent Antoine s'ébroue.

Lila apparaît derrière la vitre des arrivées. Blonde, cheveux relevés, des sandales à talons compensés, une robe si serrée à la taille qu'on ne soupçonne pas qu'elle est enceinte de plus de quatre mois. Elle n'a pas encore aperçu Antoine. Elle doit récupérer ses bagages. Elle montre ses papiers. Elle a l'air inquiet, c'est normal, elle vient au-devant d'une vie compliquée. Antoine la serre dans ses bras humides et c'est là qu'il sent le ventre dur, contre son ventre à lui.

C'est étrange comme retrouvailles, ils sont presque gênés, ils ne savent plus comment se toucher, ni même se regarder. Antoine prend la valise comme si Lila était une invitée. Il a réservé une chambre à Oran pour leur première nuit. Il a cent fois imaginé leur journée inaugurale, leur promenade en bord de mer, le restaurant en terrasse, la baignade dans une crique protégée. Il s'est vu comme un guide, un habitué des lieux, qui dirige, qui prend soin. Et qui épate. Il a recommandé à Lila de se munir de lunettes de soleil, d'un chapeau, d'une serviette de bain et de tenues légères. Il a écrit qu'il fallait trois fois rien pour vivre ici. Mais Lila est prévoyante, elle a rempli sa valise de toutes sortes de choses, et puis elle ne croit pas forcément Antoine.

C'est la première fois de sa vie qu'Antoine se permet le luxe d'une chambre avec vue sur la mer. Mais ils doivent se pencher à la fenêtre pour la deviner au bout de l'avenue. Avec la pluie, tout échappe au regard. Ils n'ont rien d'autre à faire que de rester entre les murs, ce qui les invite à un face-à-face intime improvisé. Antoine sent Lila lointaine, même s'il devine qu'elle frémit. Lui ne sait comment être à cause de ce ventre entre eux, cet encombrement.

LILA

Lila veut déjà ouvrir sa valise et sortir les robes dont elle a peur qu'elles ne se froissent. Mais il n'y a pas de penderie dans la chambre, elle les dispose sur l'unique fauteuil après les avoir lissées avec la main. Puis elle inspecte la salle de bains, s'y enferme, on entend l'eau qui coule. Antoine est allongé torse nu, alors que sa chemise sèche au pied du lit, et il imagine toutes sortes de choses. Mais Lila ressort habillée, avec la même ceinture qui comprime sa taille. Elle voudrait aller boire quelque chose de chaud.

Ils longent les façades, sous le parapluie que Lila avait prévu. Et c'est en marchant sous la pluie que leurs deux corps se détendent et s'apprivoisent. C'est en évitant les flaques d'eau et les gouttières que Lila cherche le souffle d'Antoine et finit par mettre sa tête dans son cou. Ils avancent sans savoir où ils vont, espèrent trouver un abri. Ils poussent la porte d'un café désert, s'installent l'un près de l'autre sur la banquette et commencent à se dévisager, en silence. Les trois mois d'éloignement se fissurent doucement, et c'est par petites touches que les digues cèdent. Pendant près d'une heure, Antoine raconte tout ce qu'il peut, bien plus que dans ses lettres prudentes, et Lila écoute. Puis c'est elle qui enchaîne, fébrile. Il y a trop à dire, trop à confier, ils ont cru qu'ils ne retrouveraient pas le fil, mais enfin ils sont dans les bras l'un de l'autre, dans le reflet des miroirs indiscrets.

Ils se dirigent vers la mer, descendent quelques marches sous des tamaris détrempés et regardent vers le large. Ils espèrent une éclaircie, pour qu'enfin se dévoile le paysage. Mais la pluie ne se calme pas et l'horizon demeure noyé dans une brume opaque. Antoine doit renoncer à épater Lila avec les couleurs, toutes les nuances de bleu qu'il lui avait annoncées. Le ciel est dans l'eau, et l'activité sur le port semble éteinte. Le spectacle n'a pas lieu. Antoine se désole, comme s'il était responsable du fiasco. Il répète que là, normalement, la vue est époustouflante, c'est ce que disent les gens d'ici. Il espérait que Lila aurait le souffle coupé, qu'elle vivrait ce moment comme un choc dont elle se souviendrait. Il voulait qu'elle soit d'emblée récompensée du voyage, de toute l'énergie qu'elle a mise à rejoindre cette rive de la Méditerranée. Il s'excuserait presque, il est tellement déçu. C'est comme s'il donnait de lui-même une image ternie. Comme si le mauvais temps faisait de lui un garçon ennuyeux.

Il ne sait pas comment s'y prendre avec le ventre de Lila. Elle ne fait aucune allusion quand elle se déshabille une fois le soir venu. Il avait imaginé l'étreindre avec fougue, et la faire rouler sur le lit, comme il l'avait vécu quelques fois. Il avait pensé à leurs retrouvailles sur ce mode passionné mais il savait qu'il y aurait une donne nouvelle et intimidante. Ils n'avaient que rarement laissé libre cours à leur désir, à cause du risque de grossesse, qui leur valut des scénarios alambiqués et des frayeurs à n'en plus dormir. Et à présent que ce risque n'en était plus un, un autre inconvénient surgissait. Ils ne savent ni l'un ni l'autre ce qui est permis pendant

LILA

la grossesse. Alors, dans le doute, ils bricolent sous le drap, fébriles et maladroits, ils inventent des débuts sans s'autoriser aucune fin. Ils se retiennent et s'adonnent à une chorégraphie pleine de charme, et surtout ils rient dans la nuit qui enveloppe Oran, et dans le chuintement de la pluie qui entre par la fenêtre ouverte.

Oscar sait pourquoi Antoine s'est absenté. On imagine que s'il avait parlé il aurait fait toutes sortes de commentaires. Mais sans parole, on dit autre chose. On est attentif et presque nu. Antoine regarde l'ombre du palmier qui bouge sur le mur près du lit. Il demande si Oscar veut qu'on baisse le store. On lui a reproché de trop materner les blessés. On, c'est Tanguy. Jaloux de sa bonne relation aux gars. Jaloux de sa jeunesse aussi et du fait que sa femme arrive. C'est à lui qu'Antoine a dû demander l'autorisation de ne plus dormir dans le baraquement. Cela a été une épreuve, mais rien dans le règlement n'oblige Antoine à loger sur place. Tanguy a mis longtemps avant de donner une réponse, le laissant infuser dans l'incertitude. Il aurait posé la question à une soi-disant hiérarchie – qui on l'imagine a d'autres chats à fouetter –, il a d'abord proposé qu'Antoine rejoigne sa femme pendant les permissions, pour ne pas saper le moral des troupes, c'est ce qu'il a invoqué. Puis il a fini par céder. Antoine va le payer. Il le sait, il l'a compris dès qu'il a énoncé le projet de Lila, que le médecin a considérée comme une aventurière, mais aussi une irresponsable. Il paiera un peu chaque jour, mais, pour l'instant, rien de méchant. Cela viendra plus tard, et ce sera plutôt tordu.

Oscar a promis qu'aujourd'hui serait le jour de la chaise roulante. Il a enfin hoché la tête quand Antoine a proposé. C'est pour que tu puisses sortir d'ici. Haussement d'épaules. Et puis on va se payer Tanguy. On ne va pas se laisser faire.

La chaise est avancée, bloquée sur ses roues. Oscar met le pied droit à terre, comme il l'a déjà fait. Il s'appuie sur Antoine, très concentré. Puis, sans aucune difficulté, ses épaules et son torse pivotent, son bassin suit. Il s'agrippe aux accoudoirs, et se place sur le siège, presque sans assistance. Antoine maintient le moignon pour qu'il ne cogne pas mais cela n'est pas nécessaire. Oscar maîtrise sa jambe, il ne laisse rien au hasard. Et, à peine installé, il débloque les roues et les actionne avec les bras de façon si nerveuse qu'il a bientôt parcouru la moitié du dortoir. Antoine est ému comme on l'est devant un oiseau qui sort de sa cage. Oscar fait tourner la chaise, dans un sens, puis dans l'autre, sous l'œil des blessés qui applaudissent, un peu sonnés devant cette démonstration brutale.

Mais Oscar ne sait que faire de cette liberté provisoire. On imagine que, dans sa tête, des portes s'ouvrent. Après un second tour de piste, affichant le visage de celui qui prend une revanche, il se rend à la réalité. À part regagner son lit, il ne trouve pas de place pour lui dans l'hôpital. Il va se hasarder à parcourir le péristyle sous les arcades. Il sait que ce sera tout, que son territoire s'arrête là, en haut des marches qui conduisent jusqu'au poste de garde, et qui sont comme les douves du château. La chaise n'est qu'une illusion. Qui le fera échapper aux escarres et au mal de dos, et qui lui donnera malgré tout une identité nouvelle, celle d'un garçon rapide, rusé et impatient, puisque c'est ainsi qu'il apparaît, contre toute attente, quand il se propulse à l'aide de ses bras. Et ce qui crève les yeux soudain, c'est le regard noir avec lequel il jauge les autres restés immobiles sur leur matelas.

Antoine a peur qu'Oscar n'en fasse trop, il n'avait rien vu venir de son apparente aisance. Il se demande s'il est bien le garçon qu'il a accompagné pendant ces longues semaines, fragile et mélancolique. Il rejoint Oscar stationné au milieu de l'allée, et pousse la chaise roulante. Il fait le geste, les deux mains sur la barre, le corps d'Oscar dépend de lui. Comme s'il était l'adulte et Oscar l'enfant, le petit qu'on promène, qu'on divertit et qu'on protège. Alors que les deux ont le même âge, et un destin qui aurait pu être semblable.

C'est ce que se dit Antoine en ouvrant les battants qui conduisent sous les arcades, alors que le soleil oblique inonde la pierre déjà ardente. Antoine comprend, en avançant dans la lumière matinale, ce que signifie *prendre soin*.

Martin a trouvé tout ce qu'il fallait aux cuisines. Des verres, des soucoupes, des serviettes, un broc à eau, et aussi des glaçons. Antoine a acheté deux bouteilles de pastis. L'épicier a ajouté une poignée d'olives. C'est le soir dans la chambrée, les portes et fenêtres ouvertes ne suffisent pas à rendre l'atmosphère supportable. Il fait près de quarante degrés sous la taule. Antoine a défait son lit dans la journée et a vidé son armoire métallique. Il a porté les draps à l'intendance et a récupéré ses affaires de toilette, c'est-à-dire trois fois rien, un blaireau à barbe, un flacon de shampoing et une brosse à dents. Il a déposé son sac au meublé dans l'après-midi. Il a obtenu une autorisation de sortie, toujours en tenue militaire. C'est ainsi habillé qu'il a parcouru les huit cents mètres qui le séparent de l'appartement, chemise à manches courtes et revers, calot, chaussures noires fermées malgré la chaleur suffocante. Il a regardé s'il n'était pas suivi : depuis l'attentat dans le café, chacun, et surtout les soldats français, est sur ses gardes. Il savait qu'il pouvait être visé, il a avancé avec son lourd sac sur l'épaule et il a rasé les murs, pour trouver un peu d'ombre mais aussi pour se fondre dans le décor. Puis il a fait le chemin en sens inverse, délesté de son fardeau, avançant cette fois au pas de course, se disant qu'il n'arrive rien à l'heure de la sieste, se rassurant ainsi, il fait trop chaud pour les attentats, les rues sont désertes, les bombes ne tueraient personne.

Ils sont tous là, Martin qui sert à boire dehors, le grand Ludo et ses blagues salaces, le Rouquin qui s'éteint de semaine en semaine, Granger et ses tics parfois hilarants, Philippe dont on ne sait pas s'il est toujours amoureux, Victor et son sourire, et Jo, enfin présent, qui se retranche derrière son appareil photo. Et aussi le lieutenant Richard, Alain la grenouille de bénitier, et Ivan le communiste, qui oblige chacun à savoir les raisons du bourbier dans lequel ils sont, qui s'agite en douce mais que personne n'a envie d'écouter.

Ils se tiennent un verre de pastis à la main, réunis pour la première fois autour d'un événement commun. Ils trinquent au départ d'Antoine et à l'arrivée de Lila. Ils voudraient bien voir la bête comme le suggère le grand Ludo, la bête blonde, la pin-up, la presque mère. Cela fait beaucoup de pression pour Antoine, qui promet qu'ils reviendront ensemble, mais pour l'instant, elle a beaucoup à faire, et puis elle est un peu sauvage. Lila est celle, invisible, qui reprend Antoine pour elle seule, qui le soustrait à sa condition de soldat. Elle a cette image de femme libérée, au tempérament de feu, qui décide de ses départs et de ses destinations.

Antoine boit un verre avec Martin, qu'il tient par l'épaule, qu'il ne lâche pas. On n'arrive pas à savoir s'il est heureux de quitter le baraquement. Il trinque avec Jo, qui fixe l'instant sur la pellicule et qui pourra, longtemps après, attester que ces moments ont bien eu lieu. Puis il remet une tournée, il rit et il parle fort. Il vérifie qu'il a défait son lit. Il vérifie comme s'il n'était pas sûr, il fait le tour encore une fois, les douches, l'armoire, il regarde sous le sommier et a du mal à se relever. Ce qui va lui manquer, c'est la cigarette du soir avec Martin, les chiens qui aboient dans le couchant, le lézard vert qui gobe des mouches à leurs pieds. C'est Martin surtout, les phrases échangées à la nuit tombée, les longs silences près du bidon, les questions sans réponse. Ce sont les lettres lues avec Martin, l'évocation de Nicole, de plus en plus rare. Et leurs ombres une fois que l'hôpital est éteint, quand ils rentrent au baraquement, guidés par la lueur de secours, après que les bruits se sont tus.

Antoine ouvre une deuxième bouteille. Il est tard, il n'arrive pas à partir. C'est comme s'il était lesté d'une lourde pierre. Il reste seul avec Martin, incapable d'empiler les verres et de nettoyer. Il finit dans les bras de Martin, la chemise débraillée, et il commence à se confier, à faire des aveux, ceux qu'on profère quand on a bu, intimes et pathétiques.

Antoine se présente devant le poste de garde. Il a le droit de passer, il a posé une permission de nuit, validée par Tanguy, ce qu'il fera chaque jour désormais. Sinon la Légion qui patrouille pourrait le mettre en cabane. Ça s'est déjà produit, des types qui errent à deux heures du matin, sans raison et sans papier, qu'on coffre jusqu'à ce que leur compagnie les réclame. Antoine prend la rue droit devant, et suit la chaussée, instinctivement, sous la rangée de mimosas. Sa silhouette est bien visible dans la lueur de la lune, qui éclaire le quartier plus sûrement que les lampadaires. On pourrait le voler, l'agresser, le tuer, mais la nuit n'est habitée que par le cri lointain des chiens et le moteur d'une jeep qui enfle puis disparaît. Antoine ne se trompe pas, il s'assied un moment sur le trottoir, pour que cesse la vision des façades qui basculent. Ça cogne dans sa tête et dans son estomac. Il doit se relever, il sait que Lila l'attend pour cette première nuit.

Il va concilier les deux, Lila et l'armée, mais il n'est pas encore prêt à concéder à Lila trop de pouvoir. Il reprend sa marche, il respire mal, il aperçoit des silhouettes qui avancent vers lui, deux Arabes qui gagnent le chantier sur lequel ils travaillent de nuit, et qui ne le regardent pas. Il poursuit jusqu'à la petite rue commerçante où il cherche la bonne entrée. Il gravit l'escalier en s'appuyant au mur. Il espère entrer sans bruit.

Antoine est avec Oscar quand l'alerte est donnée. Tanguy débarque, son regard est effrayant. Il faut grouiller. C'est lui qui va diriger le convoi. Antoine doit abandonner le bandage qu'il prépare, laisser Oscar aux mains d'un autre infirmier. Et foncer. Tanguy se met à jurer, sa mâchoire est comme celle d'un animal prêt à mordre. Antoine n'a pas encore les réflexes même s'il a répété le mois précédent lors des manœuvres près de Mers el-Kébir. Éther, ampoules de morphine, gants, seringues, compresses, masque à oxygène, tout est à disposition au magasin, ne pas oublier les produits au frigo. Taha et Brahim sortent les ambulances, on embarque trois infirmiers, un médecin, deux brancardiers, un radio, tous prêts dans l'instant. La Légion arrive avec l'half-track. Des gars viennent de tomber. Tanguy dit un carnage.

Direction le sud du côté de Sidi Ali Benyoub. Une dizaine de soldats sur le carreau. Les véhicules roulent vite. Taha est au volant, qui ne pose pas de questions. Ils empruntent une départementale entre les vignes, puis des bandes de terre sèche, bifurquent légèrement à l'ouest, direction Thelag. Ils entrent dans la forêt bordée de cèdres de l'Atlas, abordent un long virage au-dessus d'un oued asséché. Ils franchissent un pont de fer, puis c'est la remontée vers une montagne minérale. Ils roulent depuis plus d'une heure, Tanguy a gardé le radio avec lui, il donne des indications à Taha, il est nerveux, il jure. La deuxième voiture suit avec difficulté. Ils grimpent sur un chemin de terre presque impraticable, les branches des pins fouettent le pare-brise.

Deux jeeps sont arrêtées près d'un muret sur un terrain brûlé par le soleil. Plus haut, un âne gît sur le flanc. Ils ont sous les yeux des bottes de paille défaites. Tout le monde descend. Les hommes se répartissent le matériel, les armes, les civières. Marche au pas de course sur les rochers. Ils sont attendus par un lieutenant, qui les guide en courant jusqu'à l'orée du bois, un endroit avec du lichen et du sang sur les pierres. C'est la première fois pour Antoine. La vision tant redoutée. Il ne sait pas vers quel corps se diriger, il va se contenter d'exécuter les ordres. Le médecin ne sait plus où donner de la tête. Il y a les morts et les vivants, les corps inanimés mis de côté dont les plaies attirent déjà les mouches, qu'un camion viendra chercher, et ceux qui se tordent dans les herbes sèches. Avec le ventre, les cuisses ou les parties broyés par les balles, à qui les copains ont fixé un garrot de fortune, ont dit des mots réconfortants en attendant les secours.

Antoine n'a jamais eu devant lui un garçon entre la vie et la mort, qui attend tout de lui, qui s'est déjà vidé d'une partie de son sang. Il voudrait savoir se servir, comme avant, d'une compresse, d'une seringue, il voudrait ne pas se laisser atteindre par les tremblements du blessé, ses halètements, et son regard suppliant. Il faut qu'il calme ses mains et son cerveau soudain inopérants, il a honte de se sentir si peu efficace, pas assez virtuose dans sa façon de manipuler et de panser. On installe le corps sur le brancard, Antoine fixe la perfusion, le goutte-à-goutte opère, l'hémorragie est stoppée en apparence, et petit à petit le soldat se calme. Antoine s'est ressaisi, il a accompli le protocole d'urgence. Il a peut-être sauvé le soldat, il espère, il prie. Il marche un moment près du blessé transporté par les brancardiers, lui tient la main, puis il retourne sur le terrain, où un garçon à l'abdomen déchiré respire mal, puis ne respire plus, meurt dans les bras de l'autre infirmier qui tente de le réanimer. Antoine est là, qui regarde, qui tend le masque à oxygène, qui ne sait plus comment enchaîner. Tout se fait à l'instinct, dans une urgence qui consume toute tentative d'organisation. Tanguy va et vient, demande au radio de transmettre une information puis une autre, contradictoire. Tanguy est dépassé. Ils vont devoir se replier.

Taha conduit aussi vite que possible, il connaît bien la région. Antoine est près de l'appelé dont il a stoppé l'hémorragie, il l'empêche de s'endormir, comme lui a demandé le médecin. Il lui parle, et l'oblige à répondre, il lui tapote la main et aussi la joue, il veille comme si le garçon était son frère, il invente des mots apaisants, il lui dit, Reste avec nous. Antoine ne sait pas s'ils vont arriver à temps. Il se souvient des films visionnés pendant sa formation à Bar-le-Duc, les images lui reviennent de gars sauvés in extremis, qu'on charrie, qu'on évacue à la dure, qu'on opère, et qui finissent par s'en sortir, c'est ce que l'armée leur a montré, les blessés qui ressuscitent, les infirmiers qu'on félicite, le triomphe de la vie. Mais là, devant le regard vacillant du garçon, il est face à une réalité qu'il n'avait pas envisagée. Il n'avait pas compris qu'il aurait cette responsabilité, celle de ne pas accomplir les bons gestes à temps.

C'est en quittant l'hôpital pour rentrer à l'appartement qu'il se sent vaciller. Il n'a eu aucun répit, il comprend ce qu'est l'adrénaline dont on leur a parlé. Il aurait été plus simple que Lila ne soit pas là, il serait resté tard à tourner dans les couloirs, à attendre le verdict pour les blessés, à rôder d'une salle à l'autre, d'un bureau à l'autre, à fumer les cigarettes sous le péristyle avec les infirmiers. Il aurait rejoint Oscar. Mais Tanguy lui demande de rentrer. Il faut dormir, tout le monde doit se reposer. Le garçon dont il a tenu la main est transporté à l'hôpital d'Oran. Le rôle d'Antoine s'arrête là, on ne veut plus de lui ce soir. Alors que tout en lui est encore brûlant de cette folle accélération, des images et des cris. Tout en lui tremble de ce qu'il vient d'accomplir en somnambule, de ce qu'il vient de vivre et qui ressemble à la guerre, même si le mot n'est toujours pas prononcé.

Antoine a changé sa tenue pour rentrer. Il a pris une douche à l'hôpital. Lila se lavera devant le lavabo dans un bac et avec un pain de savon. Elle a tout le temps de s'occuper de sa toilette. Elle n'aura rien d'urgent à accomplir chaque jour.

Antoine ne dit rien de ce qui lui occupe l'esprit. Les rochers éclaboussés de sang, les cris, et l'image des herbes sèches qui le hante. La panique des hommes, celle du capitaine autant que celle des gars. Lila ne voit pas que son regard est fuyant, et ses mains encore tremblantes. C'est leur premier soir à l'appartement. Lila a cuisiné malgré le peu de matériel dont elle dispose. C'est elle qui parle surtout, elle qui dit sa découverte de la ville, ou plutôt du quartier. Elle est allée jusqu'aux halles où elle a choisi des légumes pour leur premier repas. Des poivrons, des aubergines qu'elle a achetés pour leurs couleurs. Des oignons, que le commerçant lui a offerts. Elle n'a rien dévoilé de sa présence ici, mais elle a montré son visage de débutante. Elle est rentrée avec du safran. C'est ce qu'elle a appris aujourd'hui, que le riz blanc, dans l'Oranais, ça n'existe pas.

Elle raconte, elle se concentre sur les détails de cette première journée, auxquels elle ajoute des détails d'intendance, la clé qui ferme mal, le rideau qu'il faudrait prévoir devant la fenêtre, le réfrigérateur qui fait du bruit. Elle ne se plaint pas, elle paraît au contraire légère et enthousiaste. Elle sourit et met la main sur le bras d'Antoine dont l'esprit ne quitte pas les herbes sèches. Il écoute ce que Lila raconte, la dame de la boulangerie qui a un accent incroyable, et aussi le marchand de journaux qui chante dans la rue. Il est soulagé qu'elle soit si occupée à investir les lieux. Ils sont chacun dans leur univers, il se change en bout de bois, presque un intrus à sa table. Antoine n'a pas le cœur à raconter, à faire basculer le monde de Lila. Il ment sans mentir, il omet, il fait ce que fait l'armée française, ne pas laisser croire que les appelés sont en danger, ne pas dire que plus de vingt mille trouveront la mort, ce qu'Antoine ne se figure pas encore.

Il insiste pour faire la vaisselle pendant qu'elle se repose. Il regarde par la fenêtre ouverte le soleil presque couché qui éclaire la façade d'en face. Il ressemble à un adolescent perdu dans ses pensées. Il lave les assiettes plus que nécessaire, il frotte, il insiste, il rince encore et encore, et ce sont ses avant-bras qu'il trempe et qu'il nettoie pour en enlever les dernières traces de sang imaginaire, qu'il a déjà frottées plus que de raison sous l'eau de la douche. Puis il s'essuie plusieurs fois. Il regarde ses mains, celles qui ont tapoté les joues du garçon dans l'ambulance, les mêmes qui vont caresser la nuque de Lila.

Il marche dans la rue au petit matin. Comme s'il allait travailler. Comme si cette journée était une journée normale dans une vie ordinaire. Se lever, boire le café avec sa femme. L'embrasser. S'accouder à la fenêtre. Dire je suis en retard. Se regarder dans

LILA

le miroir. Se raser. Dire à ce soir. Descendre l'escalier. Allumer une cigarette. Remonter la rue déjà en pleine activité. Slalomer entre les carrioles et les hommes qui déchargent la marchandise. Respirer les odeurs qui montent des boutiques. Cligner des yeux à cause de la lumière déjà vive. Regarder si on n'est pas suivi. Avancer jusqu'à l'hôpital. Passer le poste de garde. Rejoindre le vestiaire. Changer sa tenue militaire contre sa tenue d'infirmier. Passer au secrétariat. Prendre les instructions.

Le garçon dans l'ambulance est mort à son arrivée à Oran. Les autres ont survécu. Au rapport dans dix minutes, tous les gars présents sur le terrain hier. Pas Taha, pas Brahim, *juste nos gars*. La journée d'Antoine commence ainsi. Le garçon à qui il a tenu la main. Il n'a rien dit à Lila. Il est seul. Il pense à son père, lui seul pourrait comprendre pourquoi il se sent tomber.

Ce n'est pas Tanguy qui prend la parole, mais le colonel, pas vu depuis longtemps. Le regard grave, véhément. Il parle de la mission, de la noblesse, du courage. Des gars sacrifiés sur le terrain. Il ne fait pas les comptes, il dit la sauvagerie des rebelles, il fait monter la tension. Il dit qu'on ne peut pas tolérer cette barbarie. Il dit qu'ils sont partout. Cela arrive n'importe où. Les attentats ici ou là. On ne peut pas prévoir. La population civile, les femmes, les enfants. Il insiste. La lâcheté. Il faut les débusquer jusqu'au dernier.

Puis il se rappelle qu'il est dans un hôpital, que son discours guerrier n'a pas lieu d'être. Il félicite le corps soignant, la vitesse, la dignité. Il est debout face à des hommes debout. C'est un discours pour dire que l'armée va remplir sa mission. Que l'armée a besoin d'eux. Qu'ils sont un maillon essentiel. Soigner, sauver, préserver la vie. Ils devraient être flattés. Ils devraient sentir leur poitrine se gonfler. Il fait déjà trop chaud. Antoine est en sueur, sa nuque se raidit et les battements de son cœur s'accélèrent. Il sent le sable qui revient dans sa bouche. Il faut tenir, il étouffe. Tanguy est raide. Le colonel est raide. Tout le monde est raide. Antoine pense à Lila, elle va apprendre bientôt que c'est la guerre. Et pourtant à l'extérieur cela ne se voit toujours pas.

Antoine n'a pas vu Oscar depuis plusieurs jours. Il se sent coupable. Il sait qu'Oscar va faire la tête, c'est dans son tempérament. C'est comme un jeu entre eux. Ils se cherchent, ils s'apprivoisent, puis se tournent le dos. Ils se manquent. Ils sont indispensables l'un à l'autre. Ce que ne sait pas Oscar, c'est qu'Antoine tient grâce à lui. C'est sa raison d'être ici, le défi qui donne un sens à ce merdier. Il aime soigner, il aime voir chaque matin les garçons encore mal réveillés, ou qui n'ont pu trouver le sommeil, traversés par les douleurs et les courbatures. Il aime cette atmosphère de soldats en pyjamas, ébréchés et modestes, coupés dans leur élan. Oscar, c'est autre chose, c'est un secret muré dans son silence, avec qui tout est à recommencer. Antoine sait qu'il faudra du temps. C'est tout ce dont il dispose, le temps. Pendant qu'à l'extérieur, dans les douars, dans le djebel et au fond des oueds, les hommes sont occupés à se combattre, à se faire exploser, à se martyriser, là dans l'intimité de l'hôpital, derrière le paravent, Antoine aide Oscar à recoller les morceaux, patiemment.

Oscar ne veut pas s'asseoir dans la chaise roulante. Son élan du premier jour s'est rapidement éteint. Il a fait le tour du péristyle deux matinées de suite. Puis plus rien. Il a laissé entendre à l'infirmier remplaçant qu'il était fatigué. Antoine n'insiste pas. C'est normal après tout. Qui aurait envie de faire des tours de chaise avec une jambe amputée ? Qui se comporterait normalement après avoir sauté sur une mine ? Pour la mine, Antoine fait semblant d'y croire. Il devine que c'est autre chose, de bien plus effrayant.

Il propose à Oscar de dessiner. Ce qu'il a fait déjà avec le psychiatre, mais seulement une fois, pas concluante. Antoine a pris un bloc de papier au secrétariat. Ce n'est pas du papier à dessin mais, même avec des carreaux, cela fera l'affaire. C'est Antoine qui commence. Il raconte l'arrivée de Lila, trace les ailes d'une caravelle. Il esquisse le rivage, les palmiers sous la pluie, la robe de Lila collée contre ses hanches. Tu imagines, ta femme qui débarque ! Puis il se rend compte de ce qu'il vient d'énoncer. Oui, Oscar imagine. Antoine fait fausse route, il a honte. Le carnet est posé sur les cuisses d'Oscar. Antoine sait qu'Oscar se retient. De lui mettre son poing dans la figure. Avec ses mains valides. Antoine s'empêtre, quel imbécile. Il finit par écrire *Pardon*. Oscar écrit à son tour *Laisse-moi*.

Antoine s'assied sur les marches derrière les cuisines, à l'ombre. Les Arabes font la plonge et passent la serpillière. Antoine plaisante un peu, leur offre une cigarette. C'est pour fumer après. C'est pour le soir dans le baraquement. Martin apparaît avec son tablier. Ses paupières recouvrent presque ses yeux. Il a une sale mine. Antoine se sent mal. Il vient de se faire repousser, et cela le blesse. C'est comme cette fois où il s'était fait mettre dehors par sa mère, au moment où son père venait d'être démobilisé. Il avait senti qu'il était de trop dans le petit appartement. Sa mère, qui pourtant avait toujours pris soin de lui, n'avait pas hésité, après la première heure passée à fêter les retrouvailles, à le mettre gentiment dehors. Elle avait mis la main de son jeune frère dans la sienne, et elle avait répété en ouvrant la porte, Laisse-moi, exactement comme Oscar aujourd'hui. Ou peut-être, Laissez-nous.

Il avait descendu l'escalier avec son frère, effrayé d'avoir vu le nouveau visage de son père, l'œil derrière le bandeau, la balafre et l'oreille arrachée. Il ne comprenait pas sa mère, qui voulait qu'ils la laissent avec un homme qui leur faisait peur désormais. Et ils avaient joué dans la cour sous les fils d'étendage, en attendant que leur mère veuille bien les rappeler.

Martin demande pour Lila. Demande pour le baroud. Il s'est passé tant de choses en quelques jours. Alors que presque rien pendant trois mois. Juste l'ordinaire des corps amochés pour l'un, et la sempiternelle même bouffe pour l'autre. Ils sont là à fumer sur les marches, et c'est Antoine qui se met à parler. Enfin, il peut partager avec quelqu'un, l'arrivée de Lila, leur soirée sous la pluie, et l'installation dans le meublé. Vendredi soir, qu'est-ce que tu fais ? Jo et toi, je vous invite à la maison.

Ils montent les marches, une bouteille à la main. Ils n'aiment pas apparaître en uniforme devant une femme, dans ce tissu beige à la coupe démodée, mais ils n'ont pu se soustraire au règlement. Antoine fait les présentations. Tout s'enraye dès les premières secondes, Jo et Martin sont impressionnés. Cette fille blonde est une femme, soignée, et raffinée. Peut-être un peu froide, ou pour le moins timide. Antoine leur avait montré une photo, mais la photo ne disait rien de la présence de Lila, ni de son œil de biche, ni de sa moue façon Bardot. Et là, dans l'embrasure de la porte, avec leur bouteille de vin à la main, ils se sentent presque de trop, devant Lila et son bandeau dans les cheveux.

Lila est soucieuse de faire bonne impression. Elle est gênée de les recevoir dans un espace aussi étroit. On sent qu'elle a d'autres ambitions. Ils ne sont pas habitués à fréquenter des femmes de sa trempe, ils ont un réflexe de docilité immédiate. Plus soumis qu'avec le capitaine. Ils manquent de femmes ici, mais, depuis que leurs petites amies les ont quittés, par l'intermédiaire d'une simple lettre, ce qui est arrivé à Jo récemment, ils se sont arrangés pour avoir leurs aventures d'un soir, leurs flirts secrets ou leurs passes au bordel militaire. Ils ont bricolé, ils ont espéré, ils ont approché des jeunes filles au corps inaccessible ou des femmes mûres et consentantes. Ils ont eu toutes sortes d'occasions, dans les ruelles, dans les jardins, au cinéma et même à la piscine pendant leurs permissions, des occasions furtives parfois exaltantes, mais ils n'ont pas eu d'amour. Tout au plus des promesses de tendresse, des rendez-vous gentils, le plus souvent frustrants, et pas mal de déconvenues.

Ils sont désarmés devant Lila, ils la cherchent du regard sans oser lui faire face. Ils deviennent muets et maladroits, et Antoine ne comprend pas ce qui arrive. Pourquoi ses copains, d'habitude si décontractés, se changent-ils en garçons farouches, presque maniérés ? Antoine n'est pas aveugle. Il sait que Lila n'est pas une drôle qui détend l'atmosphère, mais de là à ne pas oser se servir en olives. Antoine remplit les verres, sauf celui de Lila, qui ne boit pas. Il rit et expose la mayonnaise qu'il vient de rater, lui qui est pourtant le spécialiste et s'est fait une fierté, lors des soirées lyonnaises avec leurs amis, des œufs mimosa qui lui valurent un surnom. Mais là, c'est la première fois que les jaunes ont viré, et Lila s'en amuse, pleine d'humour soudain, brandissant le bol avec les jaunes dégoulinants, déplorant que la chaleur réussisse si peu à son homme qu'elle attire contre elle pour le consoler.

Lila

La soirée s'installe, et Lila finit par s'asseoir parmi eux, sur le pouf oriental qu'elle se réservait. Le vin est bon, le fameux Sidi Brahim qui change du rouge coupé servi à l'ordinaire. Les garçons aiment montrer comme la vie algérienne leur est à présent familière, comme ils boivent le thé à la menthe, raffolent des dattes et des loukoums et connaissent tous les mots arabes du langage courant, *chouiya, rallouf, bézef, maboul, razzia, walou*. Ils épatent Lila, qui n'a pas encore les codes de la vie ici, qui débarque de la France des années soixante, rurale et industrieuse, tellement morne et ordonnée.

C'est sans doute pour cela que la greffe prend entre l'Algérie et les appelés. Antoine, Martin et Jo font démonstration de leur acclimatation, comme si elle était le signe de leur émancipation, de leur esprit d'aventures, et d'une virilité qu'ils cherchent à prouver. Des hommes qui boivent du Sidi Brahim, savent nouer un chèche autour de leur crâne et découper une pastèque avec une grande lame, ont une longueur d'avance sur les petits Français restés coincés entre leurs labourages et leurs pâturages. Ils tentent de plaire à Lila en évoquant leur vie exotique, comme s'ils l'avaient choisie. La parole coule bientôt à flots, les anecdotes fusent, qui disent la curiosité de leur vie ici, et chacun glisse vers une succession de mensonges qu'ils découvrent en les formulant, emportés par le désir d'être charmants. Chacun se pose en spécialiste, et surtout Jo qui évoque les différentes virées du colonel qu'il conduit, les bars et les restaurants chics devant lesquels il le dépose à Oran, la 203 qui fait son effet quand ils circulent en ville, les cigares, le cognac, mélangés aux traditions orientales, les danses du ventre qu'il invente, les spectacles un peu particuliers, et les secrets qu'il doit taire, et qui lui donnent tellement d'importance.

Les garçons n'ont rien demandé à Lila. Ils ont pris toute la place, ils ont bu et mangé, ils ont ri, l'heure tourne et leur permission de soirée touche à sa fin. Lila a aimé leur compagnie si distrayante, intrigante aussi. Aucun n'a évoqué l'hôpital, les blessés et la peur qui monte, ni les légionnaires et leur folie. Ils ont donné à Lila le meilleur, ils ont vécu une parenthèse qui leur a fait du bien, ils ont soufflé, ils y ont cru. Et puis leurs histoires ont préservé Lila, qui n'aurait pas aimé parler d'elle, et encore moins de sa grossesse. Ni des raisons qui l'ont poussée à venir ici.

Antoine écrit à ses parents. Il faut rassurer sa mère qui ne comprend pas grand-chose à ce qui se passe en Algérie. Elle a entendu dire que des appelés, transportés dans le camion d'un agriculteur à Miliana, avaient été tués. Elle demande si cette ville est loin de Sidi-Bel-Abbès. Est-ce qu'il peut lui expliquer ce que font des appelés dans la benne d'un tracteur au retour des champs. Elle ignore le détail de ses journées. Son inquiétude grandit, c'est la première fois qu'elle pose des questions. Dans ses précédentes lettres, elle se contentait de donner des nouvelles des gens du quartier, parlait de la reconversion prochaine de l'arsenal, de son père qui allait peut-être reprendre un travail. Elle mentionne les dix-neuf membres du FLN qui viennent d'être arrêtés à Lyon. Elle dit que le danger persiste en France. Elle demande quelle différence entre Algériens, harkis et *fellaghas*. Qui sont les bons et les mauvais ? Est-ce qu'ils sont ennemis entre eux ? Elle est gênée de son ignorance. Elle a peur que cela ne recommence. Son mari et maintenant son fils. Elle dit que les informations à la radio ne sont pas claires. Quand elle interroge le père d'Antoine, il s'emporte. Et de Gaulle, est-ce qu'il l'a déjà vu ? Est-ce qu'on peut lui faire confiance ?

Ce dont elle ne se doute pas c'est qu'Antoine n'est pas plus au courant qu'elle. Il se contente de ce qu'on leur dit à l'hôpital, et on leur cache l'essentiel. Il ne sait pas les hommes traqués, les *fells* débusqués, passés à tabac, les hommes soumis à la question, dans des commissariats, dans des hangars, dans des préfabriqués, dans des casernes, dans des villas aux sous-sols aménagés, que visite peut-être le colonel conduit par Jo. Il se contente de ce qu'il entend à la radio, que des colons ont été retrouvés massacrés, leurs pieds de vigne arrachés, leurs champs incendiés, et les grenades qui tuent d'un coup des civils innocents. Les Arabes, qu'il voyait les premiers mois avancer courbés sur des chemins poussiéreux, un bâton à la main, ou montés sur un âne pour aller au marché, ont changé de visage pour devenir, dans la tête des appelés, les complices des *fells*, des terroristes en puissance, et les femmes, les *moukères*, suspectées de transporter des bombes sous leurs voiles, cachées dans leurs paniers, et jusque dans leurs vagins.

Le glissement s'est opéré naturellement. Si bien que les gars ne savent plus que penser des harkis qui font le ménage à l'hôpital et conduisent les camions. Qui sont-ils ? Ne vont-ils pas finir par se rallier au FLN ?

Mais pour l'instant, Antoine écrit à ses parents, consciencieusement. Pour une fois que sa mère s'intéresse à ce qu'il traverse, il ne va pas se défiler.

Oscar secoue la tête et regarde Antoine d'une façon nouvelle. Comme pour dire qu'il mérite mieux. Être un homme en chaise roulante, Antoine devrait comprendre que cela ne s'accepte pas, alors que les gars de son âge conduisent des Vespa, sautent par-dessus les murs, dansent avec les filles. Le médecin a décidé que le moment était venu pour les béquilles. Il faut qu'Oscar bouge, pour ne pas devenir fou. Il faut qu'il reste vertical, un homme debout, même sur une seule jambe, mais debout.

Avant de proposer les béquilles, Antoine préfère tester, s'assurer qu'on peut marcher ainsi avec un membre amputé. Il va faire l'expérience. C'est une première fois, il ne s'est jamais cassé la jambe enfant, ni même foulé une cheville. Et de se déplacer avec des béquilles, il en a toujours rêvé. Il place sous ses bras les tiges de fer, et avance en longues enjambées. Il se lance sous le péristyle, va de plus en plus vite et a bientôt l'impression de voler. C'est un peu comme marcher avec des échasses, un jeu dont il se dit qu'Oscar devrait l'aimer. Il croise le capitaine, qui apparaît dans son champ de vision. Il se sent ridicule, ne sait plus faire les bons gestes pour saluer.

Oscar est assis sur le matelas, face à la fenêtre ouverte, dans la lumière pas encore tamisée par les stores. Il n'est pas idiot, il lui suffit de se lever, de se maintenir sur sa jambe droite. Et de chercher l'équilibre. Antoine pense qu'il le fait pendant la nuit, quand personne ne regarde. Il est sûr qu'il s'est déjà appuyé aux barreaux, et qu'il a avancé de lit en lit, à cloche-pied, juste pour voir. Antoine le maintient, Oscar passe son bras derrière son épaule, et son souffle vient dans la nuque d'Antoine. Les torses des deux garçons se touchent. On pourrait croire qu'Oscar s'abandonne, il a plus envie de marcher contre Antoine, qui déjà le soutient, et le porte, qu'avec une paire de béquilles. L'effort fait transpirer Oscar, se dégage de sa poitrine une odeur amère. L'image qui vient à l'esprit d'Antoine est celle des sous-bois de son enfance, qu'il arpentait chez ses grands-parents auvergnats.

Oscar avance sous les arcades, c'est simple et émouvant. Antoine se tient d'abord à côté de lui, puis le laisse aller seul. Son regard est confiant. Oscar lui tourne le dos, Antoine ne sait pas ce que dit son visage, il voit les mouvements des bras, amples et précis, qui vont chercher le sol, le buste musclé sous le maillot, d'où émergent les épaules et les deltoïdes. Il voit aussi la jambe amputée ou plutôt l'absence de jambe qui flotte dans le pyjama, s'enroule en torche ou s'agite comme un drapeau. Antoine saisit le contraste entre le buste bien bâti, le bassin étroit au fessier rebondi, et la petite flammèche du pantalon qui révèle le membre coupé, et son ventre se serre, devant ce gâchis. L'horreur lui apparaît d'un coup, comme s'il n'avait pas encore réalisé l'obscénité de ce dont il a la charge.

Au moment où Oscar fait demi-tour, quelque chose dans la manière de planter la béquille se fige, l'angle se ferme, et l'on voit le grand corps qui perd l'équilibre, vacille, puis bientôt se recroqueville pour finir par tomber sur la dalle du péristyle. Et surtout on entend un cri.

Antoine se précipite, qui tente de relever le corps à terre. Oscar, grimaçant, tient de ses deux mains la jambe coupée. Et bientôt il rampe comme un animal, au milieu de la galerie, ou plutôt comme un soldat, jusqu'à atteindre le mur. Il cache son visage sur lequel la dalle blanche réfléchit la lumière. Un infirmier accourt, ils se mettent à deux pour relever Oscar. Le maintenir debout et trouver les mots qui pourraient l'apaiser. Mais c'est le consoler qu'il faudrait. Antoine est traversé par cet élan, cette rage qu'il devra transformer en force. Tant la défaite d'Oscar est aussi la sienne. Les trois hommes reviennent doucement, Oscar au centre, les bras enserrant les épaules des deux garçons en blanc, la jambe valide touchant terre et l'autre, invisible, faisant frémir le tissu comme un petit fantôme.

Le soir, Antoine a une longue conversation avec Lila, comme il n'en avait pas eu depuis son arrivée. Il la retrouve enfin, fine, perspicace, joueuse, et passionnée. C'est ainsi qu'il la connaît. Une forte tête, parfois butée, tourmentée et éprise de justice. Le sort d'Oscar l'intéresse et l'intrigue. S'il a crié c'est qu'il peut parler ?

Ils marchent le soir jusqu'à la place, dans la chaleur encore étouffante. De gros insectes volent autour de leurs têtes, surprennent Lila qui pousse des cris, puis viennent se prendre dans la lueur des lampadaires. Ce sont des sauterelles arrivées du désert, inoffensives mais stridentes, heureusement en petit nombre, qui cherchent à attaquer les plantations de tabac et les oliveraies, et se sont égarées. Antoine protège Lila, ils trouvent un banc à l'abri, près du square, presque toujours le même, où ils sont en paix, sans se sentir trop isolés. La ville est sûre, pour l'instant la vie est supportable. Si ce ne sont les détonations qui habitent les pensées, la terreur qui s'ancre dans les têtes et modifie légèrement les habitudes. Mais Lila n'a pas encore d'habitudes. Elle va et vient la journée comme elle l'entend. Elle explore les rues, le jardin public où elle s'installe près du jet d'eau à l'ombre des néfliers, les halles d'où elle rapporte des saveurs nouvelles. Elle ne dépasse pas la limite de la ville européenne, ne s'aventure pas du côté de la Casbah plus au sud.

Ils tentent de trouver une place dans la fournaise de l'appartement. Lila espère que les boissons glacées vont la rafraîchir. Elle sert deux verres de sirop d'orgeat, conseillé par l'épicier. Son ventre est tendu, depuis quelques jours elle sent le bébé bouger. Elle croit percevoir une bosse, qui apparaît, disparaît, change de place. Bientôt elle ne pourra plus le dis-

Lila

simuler et, quand elle sortira, on la saluera comme une femme enceinte, on la laissera passer, on la considérera, peut-être que certains la plaindront. Quand, dans quelques semaines, cela tournera de plus en plus mal, cela est sûr on ne l'enviera pas.

Tanguy a laissé entendre qu'un moment de présentation serait le bienvenu. Il voudrait rencontrer Lila, comme si l'armée était sa tutelle. Étant donné qu'il a signé l'autorisation de permission. Étant donné qu'il a facilité l'obtention du logement. Et qu'il a fermé les yeux sur le prêt de matériel, draps et ustensiles de cuisine. Lila doit remercier.

Ils sont assis dans le bureau, devant un café. C'est la première fois qu'Antoine voit Tanguy sous cet angle. Il imagine que Lila le trouve séduisant. Port de tête chic, regard perçant, mâchoire volontaire, voix grave, et la même façon de fumer que Humphrey Bogart dans *Casablanca*. Tanguy est charmant, presque suave, très mâle soudain dans sa façon de bouger autour du bureau, annulant presque la présence d'Antoine, simple deuxième classe, assis du bout des fesses dans le fauteuil. Ravi madame, n'hésitez-pas si vous avez besoin de quoi que ce soit. Le regard de Tanguy passe comme une ombre sur celui de Lila qui esquisse un sourire de connivence, sûre qu'elle a fait bon effet devant le capitaine, et qu'elle pourrait s'il le fallait lui demander bien des faveurs.

C'est le premier été pour Antoine. Il ne sait pas encore si ce sera l'unique. Il commence à sentir la lassitude. Il attendait l'arrivée de Lila comme une diversion, et à présent qu'elle est là, il glisse vers une routine effrayante. Il rejoint l'hôpital chaque matin. Il laisse Lila qui somnole dans l'alcôve. Il longe la rue, fait un signe à l'épicier qui décharge la camionnette, traverse la place et s'engage dans une ruelle étroite, encore à l'ombre. Il avance, les mains dans les poches et un sifflement aux lèvres, comme pour s'encourager à parcourir la distance qui le sépare de l'hôpital. Il guette, parfois il se retourne. Quand il franchit le poste de garde, son ventre se desserre, il est enfin à l'abri. Il prend une douche dans les baraquements où il retrouve les gars. Il se présente au rapport. Puis il gagne le secrétariat où les médecins ont laissé des consignes, l'ordinaire des noms et des médicaments.

Antoine n'est pas autorisé à voir Oscar tous les jours. Il doit parfois aider les infirmiers à soigner les nouveaux blessés, convalescents, hors de danger mais cassés pour de bon. Cela fait un mouvement perpétuel, dans les couloirs et les monte-charge, dans la cour de l'hôpital où se succèdent les ambulances.

Il y a les blessés qui ont besoin de calme, d'obscurité, de soins permanents, ceux qu'on monte à l'étage dans des chambres de quatre, et qu'on appelle *les psychiatriques*. Ceux qui crient pendant la nuit, qui ont peur de l'ombre et de la lumière, du bruit et des voix, ceux qui mettent les mains contre les oreilles, ceux dont le regard est éteint, et qui ne se plaignent pas.

Il y a ce garçon blond arrivé depuis peu, qui fait des cauchemars habités d'insectes monstrueux. Que les autres ne veulent déjà plus parce qu'il allume après minuit, se met debout sur son lit et veut grimper jusqu'au plafond. Et dont on dit à voix basse qu'il a participé à l'interrogatoire un peu spécial de deux *fellaghas* que les soldats français auraient déshabillés, puis jetés sur une fourmilière géante, le corps enduit de confiture de fraise, sous les rires des appelés qui les maintenaient avec le canon de leur fusil, pendant que les bêtes énormes les dévoraient.

Il y a cette histoire qu'apprend Antoine, la complicité du garçon blond, qui ne s'en remet pas. Et qui marque un tournant. Il voudrait ne pas y croire. Il pensait que les appelés étaient des victimes, et que l'armée française ne faisait que répondre à une agression. Ivan, qui parle de la *gégène*, a peut-être raison.

La vie d'Antoine est faite de petits morceaux. Un peu ici, et un peu là. Les jours sont décousus, il fait ce qu'on lui demande, il s'exécute.

Il reconduit les blessés à Oran une fois par mois, avec le pistolet automatique sous le siège. Quand aucun gradé ne les accompagne, ils se baignent à Arzew au retour malgré la peur de se faire dénoncer et d'être envoyés à Tindouf, la prison militaire aux portes du Sahara, dont la menace plane sur les troupes.

Antoine participe aux campagnes de vaccination, toujours dans les mêmes coins reculés, peuplés d'enfants pieds nus, de femmes mystérieuses et d'hommes fumant la chicha. Mais aussi dans des camps de regroupement, dont on leur a expliqué qu'ils avaient été créés dans le but de priver le FLN de l'appui de la population. Il a acquis tous les gestes. L'arabe n'est plus une langue barbare, il sait quelques phrases. *kaif haluk? kam huwa sinnuk? là afham, mada yaani hada bel arabia?* (Comment allez-vous ? Quel âge avez-vous ? Je ne comprends pas, comment cela s'appelle-t-il en arabe ?) Mais il use aussi de ses mains qui miment les situations de la vie quotidienne, manger, dormir, souffrir, faire du feu, guetter le danger. Il s'est habitué depuis la première fois au bord de l'oued, il s'est endurci, il supporte la vision de l'extrême dénuement, de la crasse et des parasites sous la peau, mais il n'a pas oublié l'homme atteint de la syphilis. C'est un visage qui ne l'a jamais quitté.

Antoine part en urgence quand un légionnaire se jette par la fenêtre. Les infirmiers sont des sauveurs et aussi des fossoyeurs. L'instructeur de Bar-le-Duc avait raison. Le mot lui revient, entendu pour la première fois dans une fable de La Fontaine qu'il récitait sur l'estrade à l'école primaire, sans en comprendre le sens.

Antoine voit dans le ciel comme un voile immuable, dont il n'y a rien de bon à attendre. Tout ce bleu sourd et figé ne dit rien jamais du temps qui passe. Il happe et enferme dans un seul et même jour, sans cesse recommencé. Quelque chose couve, mais ce n'est peut-être que la sensation de la chaleur qui oppresse la cage thoracique, empêchant l'air de circuler et de chasser les mauvaises pensées. Quelque chose raconte l'histoire d'une vie qui s'ancre en Algérie, sans que rien évoque la possibilité du retour. Malgré les douze mois annoncés, la sensation neuve d'un enlisement le fait douter.

Tout est calme à l'hôpital, les hommes travaillent, les hommes luttent pour la vie, les hommes s'endorment dans les baraquements, et les officiers dans leurs chambres privées. Les fenêtres ouvertes laissent entrer le bruit des grillons et les hurlements de chiens sauvages, et l'on craint les insectes et les reptiles qui pourraient s'introduire pendant la nuit, malgré les moustiquaires. Pas de bruit de moteur, ni de fêtes dans les rues, ni de rires qui montent depuis la terrasse des cafés, la ville s'endort avec la nuit qui tombe d'un coup, comme si c'était le couvre-feu.

Antoine va et vient entre les blessés et sa femme, ici la mort qui rôde et là la vie à venir. C'est un étrange face-à-face, dans moins de trois mois il sera père. Il est juste avant, dans un grand vide qu'il ne sait comment habiter.

Les harkis ont obtenu l'autorisation de faire un méchoui devant leurs baraquements, pour fêter l'Aïd. Antoine est invité, Martin aussi, qui a toujours proposé à la cantine de la volaille à la place du porc, et plaisanté en fumant des cigarettes avec Taha et Brahim. Antoine se souvient des discussions au début du ramadan, ceux des gradés qui disaient qu'on ne pouvait pas y échapper, que les soldats musulmans avaient eu le droit de le respecter dans les tranchées en 1915. Alors, chez eux, on n'avait pas le choix, on n'allait pas risquer de se les mettre à dos.

Il fait nuit noire, les hommes, accroupis autour du brasero, attendent les côtelettes et les tranches de foie. On ne sait pas où sont passées les tripes du mouton, comment les hommes se sont débrouillés pour se procurer la bête, où ils ont jeté la tête et la carcasse. Tanguy est là aussi, avec certains médecins, et quelques infirmiers, repérables parce que seuls debout. Ils savent manger avec les mains, ils aiment le goût fondant de la viande, qui n'est jamais aussi bonne que cuite à la broche selon la tradition. Ils en profitent et se resservent, ils s'inscrivent dans la fête, ils sont gagnés par la joie des Arabes, qui se prennent par la main, sans jamais franchir la limite qu'impose la hiérarchie. Les médecins se réjouissent, sucent leurs doigts et il est étonnant de voir Tanguy s'adapter à toutes les situations, tutoyer les gars, choisir les bons morceaux, comme s'il n'était plus capitaine et eux simples soldats.

Le vin fait défaut, Tanguy demande si on ne pourrait pas ouvrir les cuisines, il sait que cela ne se fait pas, de provoquer les Arabes avec le vin. Mais il insiste, il demande à Martin de ramener des bouteilles. Tanguy est le seul maître à bord, avec les deux médecins lieutenants, c'est le chef des chefs, et il a soif, il veut que le mouton lui glisse mieux dans le gosier.

On ne sait pas ce qui lui prend, il change de visage soudain, il fait une fixation avec cette histoire de vin, il le dit bientôt de plus en plus fort, on comprend que Tanguy cherche à s'imposer. Il est l'invité, mais il ne le supporte pas. Il ne peut pas s'empêcher de fixer les règles. Et bientôt on apporte le vin, on le sert dans les verres en Pyrex qui renvoient leurs reflets dans la lueur du feu. On porte un toast à la fête des autres, mais les autres on s'en fiche, Tanguy sert les Français, qui ne peuvent pas s'aviser de refuser. Ils sont sommés de tendre leur verre, de trinquer pour plaire au capitaine qui décide de leur sort, et ils boivent sous l'œil indécis des Arabes, qui ne s'autorisent pas à réagir. L'atmosphère fraternelle s'ébrèche et se fissure, tout pourrait encore aller si Tanguy ne frappait dans ses mains et n'imposait subitement la fin des réjouissances. Il ordonne d'éteindre le feu, de faire disparaître les déchets pour ne pas attirer les bêtes pendant la nuit, et de rejoindre les baraquements, chacun chez soi. Il faut nettoyer, même dans l'obscurité, faire place nette. C'est brutal, c'est l'armée, même à l'hôpital.

Antoine commence à comprendre que Tanguy est en train de virer, et même dériver. Il l'a aperçu seul un soir, assis sur le banc près du poste de garde, Antoine aurait juré qu'il était ivre. Il a salué avant de sortir. Tanguy mangeait des *makrouts* avec les doigts, comme un gamin. Il a lu dans ses yeux une désolation, une incapacité à se lever pour imposer sa dignité et donner l'illusion qu'il veille et qu'il dirige. Antoine n'est plus sûr que les militaires savent où ils vont. L'hôpital tourne malgré tout, rien n'est visible d'une possible déroute. Ce n'est peut-être qu'une impression. Mais il voit les hommes qui s'épuisent et se disloquent dans la chaleur qui frappe sans ménagement. Il assiste à l'avènement de l'été, à la torpeur qui rend les corps lourds et les esprits de plus en plus fous.

Le temps est long pour Lila. Elle sent Antoine plus distant. Il a changé, il marche parfois la nuit dans leur petit espace quand il ne trouve pas le sommeil. Elle ne dit rien mais elle le voit regarder le ciel obscur par la fenêtre ouverte, sortir sur le palier pour fumer une cigarette. Et puis il redevient l'amoureux qu'elle connaît, il monte l'escalier quatre à quatre en sifflant, la prend dans ses bras, lui propose une promenade. Il court parfois pour rentrer plus tôt, profiter de la soirée et aller prendre un verre de *horchata*. Il est pile ou face, il vibre, il rit, puis tressaille au moindre bruit. Il transpire dans son sommeil quand ses rêves l'emmènent dans le djebel à traquer les rebelles, puis il fait l'imbécile, il se roule à ses pieds, il veut aller à la piscine, il dit qu'elle peut se baigner aussi, que personne ne remarquera son ventre qui s'arrondit.

Lila fréquente Mme Alcaraz, même si elle n'apprécie pas sa compagnie. C'est sa seule distraction, répondre aux invitations de celle qui lui raconte les histoires de voisinage, sur le ton de la confidence. Elle ne répond à aucune des questions que pose Alcaraz à propos d'Antoine, de plus en plus curieuse. Elle voudrait savoir ce qui se passe à l'hôpital, et dans la tête des officiers. Lila est étonnée que ces choses-là l'intéressent. Mais Alcaraz a peur que le vent ne tourne. Des bruits courent sur la promesse de De Gaulle de garder l'Algérie française. Les pieds-noirs perdent confiance. L'apprenti arabe qui travaille avec son mari n'est plus aussi docile. Alors elle aimerait savoir ce que disent ceux de l'armée.

Alcaraz envahit l'espace de Lila, elle la visite presque chaque jour. Si bien que Lila se fige quand elle entend des pas dans l'escalier. Il lui arrive de ne pas ouvrir, mais elle se sent mal, tapie dans la cuisine, immobile, à entendre la respiration de sa logeuse derrière la porte.

Pour se montrer aimable, Alcaraz lui apporte des revues, de la confiture d'oranges, et l'invite à partager sa femme de ménage, une perle, jeune et très vive. Lila n'a jamais eu de domestique, elle n'imagine pas qu'elle pourrait confier l'entretien de son intérieur à quelqu'un. D'autant qu'elle a tout le temps de s'occuper de leurs vingt-cinq mètres carrés. C'est trop intime et pas dans son caractère. La poussière sous le lit, les traces dans le lavabo et sur le miroir, elle en fait son affaire en quelques minutes seulement. Pendant que la fille ferait le ménage, Lila ne saurait pas où se mettre, elle n'oserait pas rester dans son dos. Elle qui servait au restaurant de ses parents quand elle était adolescente, elle n'a pas l'habitude de se faire servir. Elle n'oserait pas se plaindre si le travail était mal fait. Elle aurait l'impression d'être supérieure.

Alcaraz dit que ça ne coûte rien, ici tout le monde a une aide. Elle pourrait au moins donner les draps à laver. Elle lui enverra Fatima, elle répète, jeune et dégourdie, Fatima est parfaite, elle ne pourrait pas s'en passer. Elle fait des miracles avec le cambouis sur les bleus de son mari.

Quand Fatima frappe à la porte, Lila ouvre avec un trop large sourire. Elle a pris soin de ranger l'appartement. Rien ne traîne, aucune vaisselle dans l'évier, aucun vêtement sur le fauteuil, le lit est impeccablement fait et le rideau qui sépare l'alcôve, pudiquement tiré. La jeune femme s'assoit sur la chaise que lui désigne Lila. Un foulard blanc cache ses cheveux. Elle a le même âge qu'elle, une vingtaine d'années, un tatouage sur le front et des boucles d'oreilles en or. L'échange a du mal à démarrer, Fatima parle mal le français. Lila tente d'expliquer, son mari, l'armée, elle désigne son ventre avec les deux mains. Et elle demande à Fatima si elle a des enfants, en mimant son propos. Fatima a deux garçons, et elle montre aussi son ventre. Les deux femmes sourient, mais cela ne fait pas une conversation. Ce sont comme des jeunes filles qui échangent des confidences. Lila sert à boire, toujours le même sirop d'orgeat, que Fatima accepte en remerciant, montrant ses dents abîmées. Ce sera deux francs, deux anciens francs, pour le linge. Ce n'est pas assez, Fatima doit se tromper.

Il y a eu de l'action pendant la nuit. Des lits ont été pris d'assaut, des blessés changés de place. Les infirmiers sont exténués quand Antoine prend la relève. Quelqu'un crie dans un bureau. On court dans les couloirs. Le colonel est là, la voiture attend dans la cour, avec Jo qui fait signe à Antoine.

Oscar a été déplacé au premier étage dans une chambre plus intime. Mais trop intime justement, avec trois autres gars, curieux et très agités. Qui se plaignent, qui font des commentaires, qui maudissent les *bougnoules*. Ont des rêves de vengeance. Et comme Oscar ne parle pas, ils font comme s'il n'entendait pas. Comme s'il n'était déjà plus des leurs, un légume, un invertébré, qui les effraie parce qu'il ressemble à ce qu'ils craignent de devenir, des hommes amputés, la pire des conditions. Alors ils parlent, à tort et à travers, ils n'ont pas encore le bec cloué par ce qu'ils viennent de vivre, ils sont capables de commenter, de maudire et de convoquer le diable, de promettre à l'ennemi des représailles sanglantes, la stupeur ne les a pas figés, ils ont la rage au ventre, et la haine dans les yeux. Leurs propos sont ceux d'hommes meurtris mais surtout humiliés, et c'est l'orgueil qui les maintient dans un état de transe, avant que leur hargne se débranche et se dilue dans la ouate des tranquillisants.

Antoine prétexte la toilette pour sortir dans le corridor. On va pour la première fois tenter la douche. Jusqu'à présent, Antoine utilisait le gant et la bassine, et frottait doucement le corps d'Oscar, le dos, les omoplates, la colonne vertébrale, avant de laisser Oscar poursuivre, hors du regard d'Antoine, qui reprenait la maîtrise pour le rinçage et aidait avec la serviette pour sécher la peau propre et rafraîchie.

Oscar essaie à nouveau les béquilles, et avance jusqu'aux douches. Il tient, il est prudent cette fois, il sait que son corps peut vaciller comme un poids mort. Il a sur le bassin et en haut des cuisses des bleus qui virent au jaune et au violet. Antoine est là, tout près, qui ouvre la porte, l'aide à s'asseoir sur la chaise installée sous le pommeau, et place, sur le pansement qui enserre le moignon, un sac imperméable qu'il fixe avec un élastique.

Quand la blessure sera parfaitement cicatrisée, Antoine se dit qu'Oscar pourrait faire du sport, ou tout au moins des abdominaux. C'est le kiné qui décidera. Il visite Oscar depuis deux semaines, il fait en sorte que les chairs retrouvent leur place, il masse pour que le sang jamais ne se fige, pour que les muscles de la cuisse oublient le mollet absent, pour que le membre coupé cesse de hanter le cerveau d'Oscar en d'obsédantes douleurs fantômes. Quand le kiné est occupé, Antoine prend la relève, il connaît chaque détail de la peau d'Oscar et des muscles qui se contractent sous les doigts.

Antoine attend derrière le rideau, pendant que l'eau coule, et que la buée envahit lentement l'habitacle. Antoine se sent près de dire à Oscar qu'il sait, qu'il a compris. Ils ne peuvent plus se mentir. Antoine fait passer la serviette, et pose une question comme si de rien n'était. Et Oscar répond comme si de rien n'était, toujours derrière le rideau. Oscar articule normalement et les mots s'enchaînent en une petite phrase hésitante. Il demande si Antoine est capable de garder un secret. Antoine l'entend respirer. Il sait que le moment est venu. Il arrête de bouger, il se concentre. Il entend la voix d'Oscar, mais il ne le voit pas. Il entend une voix grave et fêlée, une voix d'homme mûr, qui emplit doucement l'espace. Qui hésite. Qui se cherche. Oscar voudrait parler.

Antoine est capable de garder un secret. C'est comme s'il avait traversé la Méditerranée pour cela. Comprendre le désespoir d'un garçon terrorisé à l'idée de rentrer chez lui, d'être rapatrié, rejeté loin du théâtre des opérations, sans avoir gagné, ni statut, ni fierté, ni honneur. Oscar demeure assis, nu derrière le rideau, dans la vapeur d'eau qui lentement se dilue. Avec sa jambe tranchée, qu'il ne posera plus sur le sol, ni le sol d'Algérie ni le sol de France.

LILA

Oscar demande s'il est prêt à écouter l'histoire d'un garçon perdu. Antoine se laisse glisser sur le carrelage, il s'installe le dos contre le mur. Alors Oscar commence à raconter. Ce qui vient en premier, c'est la fille dont il est amoureux, et qu'il a mis longtemps à conquérir. Parce qu'il est d'origine italienne, Oscar Caproni, et que le père de la fille n'aime pas les Italiens. Oscar voulait prouver au père de Camille qu'il était un type bien. Il n'avait qu'une crainte, c'est qu'elle se marie avec un autre. C'est ce que voulait le père, qu'elle préfère un enfant du pays, elle n'avait que l'embarras du choix.

Que fait un étranger pour qu'on finisse par l'accepter ? Que fait un type à la campagne pour se faire respecter ? Il travaille la terre ou il construit une maison. Il fait quelque chose de ses mains, quelque chose qui se voit, qui nécessite du courage, de la force, de l'opiniâtreté. Oscar Caproni aurait fini par convaincre le père, il est maçon et fils de maçon. Il a vécu depuis l'enfance entouré de tas de ciment, de tas de sable, de bétonnières, de moellons stockés sous des bâches dans la cour. C'est son univers, sa façon d'être, transporter des sacs sur ses épaules, creuser des tranchées, couler une dalle. Il sait se servir d'un niveau et d'une truelle, d'un fil à plomb et d'une masse. Jusqu'à présent, il a travaillé avec son père, mais bientôt il reprendra l'entreprise. C'est ce qu'il voulait dire au père de Camille, il sera bientôt patron d'une boîte qui tourne à plein régime, avec toutes les fermes qui se rénovent, toutes les villas qui se construisent autour de chez Michelin. Il avait juste eu le temps de préparer son argument, de commencer à faire ses preuves, quand l'appel est arrivé, et le départ pour l'Algérie.

Oscar a écrit à Camille presque chaque jour. Il a raconté les marches dans le djebel, les gardes de nuit sur un piton rocheux, le temps long et le manque, il a fait comme Antoine, il a rassuré, a omis l'essentiel, a repris la correspondance depuis peu, a menti sur le long silence. Il n'a pas eu le courage de dire. Que leur vie à venir n'est plus à venir. Qu'il n'y aura plus de maçon, d'homme viril et protecteur, de gendre méritant. Il a compris tout de suite qu'il fallait gagner du temps, qu'il ne pouvait pas perdre Camille. Alors quand il a repris ses esprits après le chaos, et compris qu'il y avait laissé sa jambe, quand il a vu que son corps ne le porterait plus, qu'il serait condamné à demeurer assis, jamais plus debout sur une échelle, jamais plus avec une charge sur le dos, ou juché sur un toit, il a cessé de parler, d'abord naturellement, il n'a pas eu la force d'articuler le moindre mot, d'émettre le moindre son. Il n'a pas eu la force de rassembler son souffle pour dire qu'il y avait quelqu'un à l'intérieur. Il n'avait rien à dire, il se sentait vide et même défait, désintégré, totalement absent, il n'avait pensé qu'à mourir.

Il aurait préféré mourir, et ne pas affronter les jours qui allaient suivre, avec toute cette lumière de l'autre côté des vitres, et le bleu du ciel si trompeur. Il aurait voulu lentement couler, trouver le médicament qui l'aurait soustrait au monde, il n'avait eu que cela en tête après l'opération, ou plutôt, l'amputation. Il ne parvenait plus à dormir, il traversait les nuits en regardant les ombres qui bougeaient au plafond, il croyait à des hallucinations, les effets de la morphine, il n'osait plus penser à Camille. Quand sa silhouette se profilait, il la repoussait, quand il entendait sa voix, il grognait pour l'éloigner, il ne servait plus à rien de rêver d'elle, il voulait que les images deviennent floues, moches et bientôt délavées. Mais Camille apparaissait, et, sans le vouloir, le torturait, puisqu'il était désormais impossible qu'elle le regarde autrement qu'avec de la pitié.

Puis il avait été transféré à Sidi-Bel-Abbès, en convalescence, on lui avait présenté le psychiatre. Oscar avait compris que tant qu'il ne retrouverait pas la parole, on ne le rapatrierait pas. Alors il gagnait du temps, il demeurait muet, il avait besoin de réfléchir, il lui fallait imaginer ce qu'il ferait à son retour, ce qu'il dirait à son propre père et au père de Camille. Il était terrifié à l'idée de rentrer chez lui.

L'été avance. Tous les jours c'est le même poids, pas d'air, pas de souffle, un peu de poussière s'élève parfois le soir sur la place quand Antoine et Lila prennent enfin l'air, à la recherche d'un verre de glace pilée. Les pales des ventilateurs tournent sans relâche à l'hôpital. Les blessés ne supportent plus la moiteur des draps et des alaises de plastique, la sueur qui envahit la peau, et la fatigue qui les maintient inertes. Le plomb de l'été algérien s'abat de plus en plus intensément sur Antoine et les appelés qui doivent faire face à un ennemi nouveau, inattendu, qui les enserre dans son étau.

Antoine entend ce qui se dit dans les couloirs, ce qu'il capte à la radio au secrétariat de l'hôpital, entre deux services. Il sent que le danger grandit, que les rebelles gagnent dans l'opinion auprès des musulmans. C'est un discours qui se répand dans les baraquements où il a pris l'habitude de traîner avant de rentrer à l'appartement, chez l'épicier, au café d'en face où il joue au billard et où le patron lui confie son inquiétude.

LILA

Antoine espère que Lila n'écoutera pas la radio, qui distille les informations officielles. La radio énumère, schématise, elle effraie aussi. Elle rend visible ce qui ne l'est pas. Elle glisse des bombes et des fusillades dans toutes les têtes, dans toutes les rues, les jardins publics, les autobus et les trains, les marchés, les plages, les bureaux de poste et aux terrasses des cafés. Chacun sait que sortir peut mettre sa vie en péril. Chaque journée, ou presque, comporte son attentat, son règlement de comptes. Ce que ne dit pas la radio, c'est la façon dont l'armée tente encore et toujours d'éradiquer le FLN, les ratissages, les interrogatoires, les fourmis ou la baignoire, et la fameuse guerre psychologique enseignée à Arzew.

Lila ne se laisse pas impressionner. Elle fait les courses, sans pour autant s'attarder, elle sursaute parfois quand elle croit percevoir une silhouette suspecte, mais elle n'est pas du genre à renoncer. Elle aime les yeux du marchand de dattes, elle prend la branche qu'il lui offre. Elle se déplace avec moins d'aisance, son ventre est volumineux, et la chaleur l'empêche d'aller et venir. Certains matins, elle se laisse gagner par la mélancolie, elle est trop souvent seule et soumise aux visites d'Alcaraz. C'est peut-être son plus gros souci, Alcaraz qui ne lui laisse pas de répit, lui parle politique, l'ennuie avec ses histoires de De Gaulle. Elle ne se sent pas concernée. Et puis Antoine est ailleurs, elle voit bien comme il commence à lui échapper, comme il repousse le moment d'aller se coucher, fumant de plus en plus tard devant la moustiquaire. Est-ce

Oscar qui occupe tout son esprit, ou l'enfant à naître qui l'effraie ?

Alcaraz conseille un médecin pour que Lila se prépare à l'accouchement. L'obstétricien à la clinique privée, qui l'a suivie pour ses deux enfants. L'hôpital public a mauvaise réputation, la convainc Alcaraz, c'est pour les indigents, elle ne peut pas se mélanger aux Arabes, elle a besoin de quelqu'un de bien. Antoine se renseigne auprès de Tanguy. Qui est formel. La clinique privée évidemment, la question ne se pose pas.

Mais Lila ne veut pas entendre parler de l'accouchement. Pas encore. Elle reparle de passer le permis de conduire. Elle voudrait échapper à Alcaraz et découvrir le pays, elle étouffe dans la ville. Elle s'inscrit à l'auto-école sur la place. Elle se rêve au volant d'une automobile, un peu comme Françoise Sagan.

Le docteur Nunez reçoit Lila dans son cabinet en ville. Elle patiente dans un patio décrépit où coule une fontaine sur fond de mosaïques. La petite musique est censée la détendre alors qu'elle sent une angoisse la prendre. Lui revient la salle d'attente du docteur suisse, quand il était encore temps de tout arrêter, la sécheresse de cet homme qui l'avait jugée rudement. Qui était-il pour avoir osé décider de son avenir, pour avoir considéré que cet enfant naîtrait dans un monde en plein chaos ? Elle s'en veut de n'avoir pas su lui tenir tête, elle en veut à Antoine de n'avoir pas su argumenter. Elle se lève, trempe les mains dans l'eau, rafraîchit son visage et ses bras nus. Elle n'a pas envie de parler à quelqu'un, encore

moins à un homme à qui il va falloir donner des détails intimes, trouver des mots neutres et médicaux, pour demander comment se passe un accouchement. Elle n'a personne ici à qui elle pourrait se confier, aucune femme, grande sœur ou amie. Va-t-elle oser dire à un homme la peur de voir son corps s'ouvrir, pour ne pas dire se déchirer, pour donner la vie ?
L'homme qui apparaît est grand et rassurant. Il ne porte pas de blouse mais une chemisette à manches courtes sur des avant-bras poilus. Elle aime son accent pied-noir dans l'instant, elle aime le grain de sa voix, sa façon de bouger, de lui tendre un siège, et de rendre tout plus léger. Il lui demande si elle se plaît ici, si elle a le loisir de visiter, il lui donnera des adresses, il voudrait savoir comment se passe le service pour Antoine, est-ce qu'il connaît le colonel, un ami.

Il n'en revient pas qu'elle ait franchi la Méditerranée pour rejoindre son mari, il dit qu'il n'a jamais entendu une chose pareille, une *patos* qui débarque en pleine débâcle. Il rit, il est épaté, ce n'est pas trop frustrant, pour le mari, de rentrer chez sa femme tous les soirs ? Non, il ne se plaint pas ? Il rit encore, il transpire, il s'essuie avec un mouchoir, il met en garde contre les épines de figues de barbarie, il parle du tétanos, il passe d'une chose à l'autre, il dit que ce pays est merveilleux, qu'il ne pourrait pas vivre sans voir la mer, il se baigne toutes les semaines, il a de la famille à Mers el-Kébir. Les fruits de mer sont recommandés pour la grossesse, les sels minéraux, l'iode, il ne faut pas qu'elle se prive. Vous connaissez les plages ? Il faut dire à votre mari de vous y emmener. À écouter Nunez, il n'y a pas meilleure vie qu'ici.

Quand Lila donne sa date et son lieu de naissance, il se met à taper sur le bureau du plat de la main. C'est incroyable, ses ancêtres viennent du même village, et pourtant qui connaît les sources de la Loire ? Vous soutenez l'équipe de foot de Saint-Étienne ? Ils ont mal commencé la saison, ils se sont pris une raclée contre le Stade français, 5-0, du jamais-vu. Vous connaissez le gardien de but Claude Abbes ? La famille de ma femme ! Vous soutenez Lyon désormais, ah les Verts jouent contre l'OL bientôt. On en reparlera.

Lila ne soutient ni Lyon ni Saint-Étienne, seul Antoine va parfois voir un match à Gerland, dans les tribunes du grand virage. Il emmène son jeune frère sur la Vespa, pendant que Lila passe un moment avec sa sœur, puis il raconte quand il rentre, il dit qu'il aimerait avoir la télévision, depuis qu'a été diffusé, le 2 mars 1960, le match retour de la Coupe des clubs champions, Real Madrid-OGC Nice, un événement qu'il aurait raté de toute façon.

Le médecin invite Lila à se déshabiller. Faut-il enlever le bas et le haut, rester en sous-vêtements ? Elle détache ses sandales à talons, défait sa robe en tournant le dos à Nunez, et le voici qui s'amuse de sa pudeur. Allez, ma belle, c'est le bébé qui m'intéresse, plus de sept mois et vous êtes mince comme un stockfisch. Lila s'allonge et évite le regard de l'obstétricien, elle se concentre sur les pales du ventilateur. Il arrive qu'un papier vole sur le bureau. Nunez se penche contre son ventre, chausse des gants de plastique et inspecte entre ses jambes. Mauvais moment à passer. Cela ne fait pas mal, mais quelle gêne de laisser un médecin, même sympathique, introduire ses doigts jusqu'à toucher le col. Il faut une telle force mentale pour se plier à ce que la vie attend de vous. Elle est là à cause du docteur suisse. Ou grâce à lui. Elle ne sait pas encore de quel côté la balance va pencher.

Fatima vient le lundi pour le linge. Lila ne lui confie que les draps, quelques torchons et des gants de toilette. Elle préfère laver elle-même ses robes et les chemises d'Antoine, ce n'est pas affaire de confiance mais plutôt d'intimité. Les tenues militaires, c'est l'hôpital qui s'en occupe.

Fatima est discrète, accepte de boire des verres de sirop mais refuse toute nourriture. Elle apporte parfois des cornes de gazelle confectionnées par ses soins, Lila aimerait échanger mais Fatima ne parle pas, ne veut rien dire ni de ses enfants ni de sa vie, à part que ça va, ça va comme ça, ça va. Elle prend le linge, elle se tient devant la porte en attendant que Lila finisse par ouvrir. Elle remercie, une fois elle demande, avant de disparaître, s'il n'y a pas de travail pour son mari à l'hôpital. Lila a remarqué que les files d'attente du bureau pour l'emploi sont faites d'Arabes, principalement, qui patientent au soleil.

Lila propose qu'ils invitent Martin et Jo. Elle pense que cela fera du bien à Antoine. Ils mangent la salade de tomates que Lila a préparée, elle aime quand les garçons lui font des compliments. Ils jouent aux cartes sous le lustre doré, elle apprend les règles du tarot, elle a du mal à retenir le nom des cartes, elle se lance pour faire plaisir, mais à neuf heures elle tombe de sommeil. En même temps qu'ils jouent, sans même lever les yeux, Martin et Jo parlent de leur vie en France, ils commentent ce qu'ils apprennent par le courrier, les parents qui s'habituent à vivre sans eux, les filles qui ont définitivement tourné la page, ils aiment avoir l'avis de Lila, pour les filles surtout, qu'ils trouvent cruelles. Comme s'il y avait une loi, comme si elles ne pouvaient s'empêcher de vivre leur jeunesse, aller danser, et succomber au charme de ceux restés de l'autre côté. Plus de dix-huit mois, c'est trop long, c'est une éternité. Qui sont les garçons de vingt ans qui arpentent les rues des villes et des campagnes françaises en 1960, continuent d'aller au bal et au cinéma ? Quel privilège les a préservés ?

Parfois Martin et Jo ne font que passer. Ils prennent une anisette et disparaissent derrière la tenture de la chambre pour changer leurs uniformes contre des vêtements civils, avant de retrouver les filles avec qui ils ont rendez-vous. Ces soirs-là ils sont gais et troublants. Ils ont les yeux brillants, ils redeviennent des garçons prêts pour l'amour, ils font des manières en allumant leur cigarette et en ajustant leurs lunettes de soleil. Ils sont très nouvelle vague.

LILA

Quand, en septembre, Ivan fait courir le bruit du Manifeste des 121, Martin et Jo avouent leur ignorance. À l'hôpital, ce n'est pas le genre d'information qui se répand. Les quatre ne connaissent ni Marguerite Duras, ni Nathalie Sarraute, tout au plus François Truffaut, dont ils ont vu *Les Quatre Cents Coups* avant de partir. Et Jean-Paul Sartre qu'ils n'ont pas lu mais dont ils savent qu'il appartient à un monde inaccessible. Il paraît que Truffaut a signé, insiste Antoine, il ne sait pas quoi au juste, une déclaration de droit à l'insoumission. Ils ignorent que l'opinion française commence à basculer, des rumeurs arrivent jusqu'à eux, mais leur quotidien ne change pas. Il faut répondre à l'appel chaque matin. Décharger les camions, ouvrir les boîtes de cassoulet, panser les blessés et conduire le colonel dans des lieux de plus en plus secrets. Alors Truffaut et Laurent Terzieff, ils se demandent pourquoi ils ne sont pas en Algérie avec eux ? Et Camus, s'il n'était pas mort, il aurait signé ?

Oscar a regagné le dortoir du rez-de-chaussée, Antoine a obtenu le droit de l'isoler derrière le paravent. Il a retrouvé le lit face à la fenêtre et au palmier de la cour, l'un des endroits les moins étouffants de la grande salle. Antoine défait et refait le pansement, vérifie que la plaie ne présente pas d'anomalie, pique contre la phlébite, masse la cuisse, aide Oscar à se tenir debout, et à intégrer l'asymétrie qui le gouverne à présent. Tout va bien. C'est l'ordinaire de la vie qui revient. La jambe d'Oscar accepte son destin nouveau, si ce ne sont les douleurs qui persistent dans le mollet absent, des brûlures, toujours les mêmes, comme si le fémur sectionné était en feu sous la lame de la scie médicale. Antoine aide Oscar à chasser la sensation, à calmer sa tête habitée.

L'été touche à sa fin, Oscar parle avec Antoine, mais secrètement. Ils échangent quelques mots à voix basse lors de la promenade quotidienne le long de la galerie, ou au moment de la douche pour les conversations plus longues. Oscar reçoit toujours des lettres de Camille, qui dit qu'elle l'attend, elle se déplace à vélo pour rejoindre le bourg où elle a trouvé un travail dans un magasin. Elle se plaint de la chaussée glissante, du vent du nord qui souffle déjà et l'empêche de monter la côte devant la scierie. Elle dit qu'elle n'imagine pas un nouvel hiver sans lui.

Tanguy a changé, ses cernes se sont creusés, il arrive que sa voix déraille et que la cendre de sa cigarette tombe avant qu'il tende le bras. On devine qu'il est las, on sent qu'il ne dort pas. Le bruit court qu'il va être affecté dans une autre unité, impossible de savoir ce qui se passe en haut lieu. Mais Tanguy fait comme si le destin de l'hôpital lui importait personnellement, comme si les blessés étaient soignés de ses propres mains, ce qui n'est pas complètement faux. C'est un drôle de médecin, qui fait sa tournée chaque matin, qui semble préoccupé et efficace, puis il disparaît et laisse chacun en plan. Personne ne sait ce qui se passe dans son bureau, il met un temps de plus en plus long à ouvrir quand on frappe, il donne l'impression de tomber des nues, comme s'il sortait d'un rêve enchanté.

Tanguy demande régulièrement des nouvelles de Lila. Ce n'est pas son rôle de veiller sur elle, mais il s'en fait un devoir moral. C'est ce qu'il dit. Il lui donne parfois rendez-vous. Vous passez quand vous voulez, Lila. N'oubliez pas que je suis médecin. Il s'adresse à elle avec respect, elle l'intrigue. Il cherche à savoir ce qui a poussé cette femme à venir accoucher en Algérie. Il a du mal à penser que c'est uniquement pour rejoindre son mari. Il a sa petite idée. Il se permet un commentaire sur son ventre qu'il trouve *pointu* et dont il imagine qu'il recèle un garçon. Il s'assure qu'elle est bien suivie, plaisante à propos de Nunez dont il raconte qu'il est le meilleur joueur de Scrabble de la ville. Il ne vous a pas dit ? Il a réussi à faire accepter des mots qui ne sont pas dans le dictionnaire, *zob*, *tarma*, *claoui*, un tour de force. Il est pour le mélange des genres. Pour que les peuples continuent de vivre ensemble malgré tout.

Parfois, Lila vient attendre Antoine. Elle ne voudrait pas qu'il lui cache quelque chose. Elle aime ce moment de retrouvailles. Antoine se change dans le vestiaire, revêt sa tenue militaire, passe le poste de garde après avoir signé.

Il fait suffisamment doux ce soir-là pour qu'ils aient envie de marcher. Antoine a besoin de respirer, de laisser à l'hôpital les plaintes et l'odeur d'éther. Ils vont faire un détour du côté de l'oued, comme souvent, il paraît qu'un filet mince d'eau est revenu. Des hélicoptères passent au-dessus de leurs têtes à basse altitude, toujours les mêmes bananes, qui peuvent enfourner cinquante soldats, ce sont les mouvements de troupes quotidiens. Le jour décline doucement, la lumière redevient dorée, moins aveuglante que pendant l'été, et partout sur leur passage les figuiers regorgent de fruits violets. Lila prend le bras d'Antoine, s'appuie un peu contre lui. Ce sont les dernières journées avant la naissance du bébé, les derniers moments à deux, qui depuis des mois ont été des moments confisqués. Ils le savent, ils ne disent rien, ils marchent sans se presser le long d'une rue étroite et bientôt en pente, puis d'un chemin peu fréquenté. Ils espèrent arriver au bord de l'oued avant que le soleil disparaisse. Antoine allume une cigarette et laisse Lila marcher devant. De dos, on n'imagine pas qu'elle est enceinte. Ils surprennent un héron qui s'envole quand ils surgissent derrière les herbes hautes.

Ils croient entendre un bruit, sans doute celui de l'eau qui roule sur les galets, mais c'est celui d'un moteur. Une voiture avance derrière eux, à une centaine de mètres, au ralenti, sans les doubler comme elle aurait dû le faire. Cette voiture, Antoine croit l'avoir aperçue vers la petite mosquée, avant de bifurquer. C'était sa lenteur, déjà, qui avait attiré son attention, et sa marque, une 403 noire, celle que son père rêve d'acheter. Il faut accélérer. Aucun chemin ne peut leur permettre de s'échapper, il leur faudrait descendre dans le lit de la rivière au fond duquel coule une eau boueuse si peu profonde qu'ils pourraient la traverser à pied. Ils ne veulent pas courir, ce serait comme l'aveu de la peur qui les prend. Antoine n'est pas armé. Sa tenue militaire confirme le camp auquel il appartient. Dans moins de cent mètres, ils pourront gagner l'autre rive. La voiture glisse sans phares dans l'obscurité qui gagne. Antoine serre Lila contre lui et, même si son ventre l'empêche de courir, la presse à petites foulées pour rejoindre le pont. Le bruit de moteur se rapproche. Antoine pense que le moment est venu, ce moment

Un loup pour l'homme

qu'il redoute depuis le début, et se bouscule dans sa tête une succession de pensées contradictoires. Il voudrait protéger Lila, il ne pense plus qu'à Lila. Affolés, ils traversent le pont, mais la voiture ne s'engage pas à leur suite. Une fois sur l'autre rive, ils s'appuient contre un mur, tremblants, et ils mesurent soudain la réalité du danger.

Lila réclame Antoine. Elle doit partir à la maternité, accompagnée par Alcaraz. Mais Antoine ne peut pas sortir sans permission. Tanguy est occupé, impossible de le joindre. C'est une journée spéciale, commémoration de la Toussaint 1954, et du couple d'instituteurs assassiné. L'hôpital est vidé de ses officiers, les services tournent au ralenti, avec Antoine de permanence au rez-de-chaussée, qui prépare les médications dans la pharmacie. Déchiffrer les ordonnances, cocher les noms des gars, compter les comprimés, rester concentré. Il doit gérer à part les psychotropes et les opioïdes. Antoine n'aime pas être à ce poste, il pense à autre chose, il commet des erreurs, il vérifie et recommence.

Ce matin, après le coup de téléphone, il n'est plus possible qu'il égrène les noms sur la liste, qu'il grimpe à l'échelle, qu'il ne perde pas les clés de l'armoire des produits dangereux. Il court dans la galerie, il court rejoindre Oscar à qui il va annoncer la nouvelle. Il a envie de crier, il surprend Oscar, assis sur son lit à fixer la fenêtre. Il ouvre la bouche et retient son cri. Il dit que c'est en ce moment, c'est en cours, c'est maintenant, il prend Oscar contre lui, il le serre, il l'étreint. Et il pleure, dans les bras d'Oscar, l'émotion retenue depuis des mois est en train de l'envahir. Il ne sait pas encore si c'est une fille ou un garçon. Il a du mal à respirer, les larmes coulent et celles d'Oscar se mélangent aux siennes. Les deux garçons se prennent dans les bras, et n'en reviennent pas que la joie se mêle aussi intensément au chagrin. Ils ne savent plus pourquoi ils pleurent, à cause de la fatigue, de l'enfermement qui met les nerfs à vif, de l'avenir si dissemblable qui les attend, et qui contient l'idée de leur proche séparation.

Antoine entre dans les cuisines à la recherche de Martin. C'est la joie qui fuse et les tasses de café pour arroser l'événement. Avec l'autre cuistot qui, malgré l'heure matinale, voudrait déboucher ses alcools planqués. Martin est fatigué, il a mal dormi à cause des nouveaux tout juste incorporés, qui ont confondu la chambrée avec un camp de vacances. Martin dont le moral s'étiole de jour en jour, qui fume sa cigarette désormais seul chaque soir près du bidon. Qui parle en tête à tête avec une salamandre.

Antoine tourne, monte dans les bureaux, s'adresse à un sergent, qui le félicite mais ne lui accorde pas l'autorisation de sortir. Antoine doit regagner son poste. Il est parcouru d'un courant électrique puissant, traversé par l'adrénaline qui l'empêche de saisir les comprimés avec une pince. Cette tâche est trop délicate pour lui, il aurait préféré marcher dans le désert, escalader une montagne ou sauter en parachute. Il court jusqu'au poste de garde pour annoncer la nouvelle, et jette un œil dans la cour pour savoir si la voiture du colonel est avancée, et si Jo est à portée de main.

Pendant ce temps, Lila patiente sur un lit de la clinique. Alcaraz lui tient la main quand elle grimace de douleur. Lila réclame Antoine, mais aimerait-elle qu'il la voie dans cet état ? Ses cheveux sont collés sur son front en sueur, elle respire comme on lui a appris, un chien qui halète, pour que l'oxygène l'aide à supporter la lame qui vient taillader ses reins. Elle gémit parfois, puis elle souffle entre deux montées. Elle n'imaginait pas que la douleur prendrait cette forme et que sa puissance lui ferait perdre pied.

Cela dure des heures, à se tordre, à appeler, à mordre un linge, à se calmer, à boire un verre d'eau, à supplier qu'on l'aide, qu'on la soulage, qu'on lui injecte n'importe quoi pourvu que cela s'arrête. Elle se voit devenir aussi impuissante qu'un animal rampant, juste connectée à son système nerveux. Pas même encore confrontée à l'apothéose, dont jamais sa mère, ni sa sœur, ne lui ont parlé qu'avec des sous-entendus effrayants.

Elle est seule loin de sa famille, qui ne sait pas que le moment est arrivé, avec qui elle échange des lettres, mais si pudiques qu'elle n'a rien confié de son appréhension. Tout le monde a toujours fait comme si la souffrance des femmes était normale, violente et inhumaine, mais normale, une sorte de fatalité.

Après les heures à attendre que le corps de Lila soit enfin prêt, on l'installe sur la table de travail. Étriers, sangles, masque à oxygène, bassine, ciseaux, cutter. On tourne autour d'elle. Nunez apparaît, qui frappe dans les mains à l'espagnole, comme si la corrida pouvait commencer. Lila se demande pourquoi Antoine ne vient pas. Elle éprouve d'un coup un sentiment mauvais, comme s'il avait été envoyé aujourd'hui même au cœur du baroud, comme s'il avait traversé à son tour les flammes des mitrailleuses. Elle va crier pour que l'enfant arrive, elle va espérer que l'enfant aura un père. Elle pense qu'elle débloque, elle ne répond de rien. La lave la brûle, encore et encore. Elle demande pitié, elle craint de ne pas être capable. Puis elle prend contre elle le nouveau-né qu'on pose sur son ventre. Et le feu s'arrête.

Partie III

Oscar

C'est une fille. Qui dort. Paisible, les poings fermés. Qui tète et qui sommeille. Trop sage dans un monde si agité. Elle n'est pas dérangée par les voix qui s'interpellent dans le couloir. Seule la lumière du dehors, éblouissante malgré la saison, empêche qu'elle n'ouvre les yeux. Elle n'a pas encore envie de savoir, elle a tout son temps. Antoine envoie des télégrammes. Tout va bien. Stop. La mère et l'enfant. Stop. Pas de place pour lui sur le pli.

Il court, à la mairie, à la poste, chez le fleuriste. Il court, il se perd. Il n'est plus un soldat du contingent, un appelé sous les drapeaux. Il est occupé à entrer dans son existence nouvelle. Il a quelque chose à raconter. De différent. Il a quelque chose à annoncer. Qui est la vie, qui surgit, minuscule et pleine de force. Puissante et exclusive. Dont il sent qu'elle va lui redonner foi. Il arrive à pas de loup dans la chambre, la mère et la fille sont assoupies. Il reste debout près du lit, démuni devant toute cette douceur, et le monde qui s'ouvre, si large et prometteur. Sa première pensée est qu'il a la responsabilité de ces deux êtres endormis. C'est lui le père, celui qui doit veiller. Il s'assied, étourdi. Les poings fermés du bébé sont tournés vers le plafond. En pleine confiance. Personne n'a préparé Antoine à cette beauté-là.

À la nuit tombée, il rentre casser des œufs qu'il partage avec Martin, et il tremble quand il fait glisser l'omelette dans les assiettes. Il ne trouve plus les gestes. Alors il trinque avec Martin, qui a apporté une bonne bouteille, puis avec Jo qui déclenche le flash. Il fait des phrases sans queue ni tête, il fait le mariole, il grimperait aux murs s'il le pouvait.

Ils sortent à la recherche d'un bar où ils pourront se fondre dans la masse, se joindre au flot des hommes qui boivent au comptoir, qui ont besoin de faire tanguer leur décor. Il y a trop de bruit pour qu'ils puissent parler, ça leur va bien, ils n'ont pas envie d'une conversation, juste être ensemble dans la chaleur du bar où montent des mots d'espagnol, de français et d'arabe. Antoine paie sa tournée, encore une, il est d'un coup tellement à l'aise, on ne l'a jamais vu aussi fantasque. C'est lui le héros. Les hommes mettent des pièces dans le juke-box, chantent, s'usent la voix en reprenant *Souvenirs, souvenirs* et un peu plus tard dans la soirée *Fais-moi du couscous chéri*.

Ils avancent tous trois enlacés dans les rues désertes et se séparent devant le poste de garde. Antoine n'a pas envie de rentrer. Que pourrait-il faire de cette première nuit ? Une jeep de légionnaires arrive à sa hauteur. Contrôle, routine, salutations. Ils ferment les yeux sur l'ivresse. Antoine dit qu'il est père, mais les jeunes gens ne relèvent pas. Père n'est pas dans leurs projets. Il traverse la rue très lentement dans la faible lueur des lampadaires, il ne sent pas la légère fraîcheur monter, il se dirige instinctivement vers la maternité, tourne un peu autour, il est attiré par les fenêtres éclairées du premier étage. Il titube, il est tout chose. Il est beau dans le sourire qu'il adresse au ciel, il est si jeune, le buste léger et finement dessiné, les jambes comme celles d'un danseur, qui jouent à chercher l'équilibre. Il allume une cigarette, s'éloigne, longe les façades obscures, les bars ont fermé, le silence enveloppe le centre-ville. Son ombre se profile parfois sur le sol, tantôt devant, tantôt derrière. Il met longtemps avant de parvenir à ouvrir la porte du meublé. Il s'assied dans l'escalier puis tente une nouvelle fois de glisser la clé dans la serrure. Son corps tremble et vacille. Il boit de l'eau au robinet. Il s'asperge le visage. Se laisse tomber sur le lit. Il n'a rien choisi de ce qu'il est en train de vivre. Il ne sait pas ce qu'il fait là, seul dans la nuit algérienne. C'est allé trop vite. Est-ce bien sa vie à lui ?

Le cas d'Oscar va être examiné bientôt. L'armée ne peut plus le garder. Et le psychiatre ne peut plus le protéger. Il faut des lits pour les nouveaux arrivants. Il doit être envoyé à Oran pour des examens approfondis, et si son état le permet, être mis sur le bateau du retour. Nouvelle échéance, nouveau verdict. Il entend parler d'électroencéphalogramme, d'asile, de rééducation. C'est ce qui l'attend à son arrivée en France. On dira à Camille qu'il est fou, ou qu'il a disparu. C'est ce qu'imagine Oscar. Il n'aura pas à affronter son regard, ce sera peut-être plus simple.

Antoine tente de le raisonner une nouvelle fois, dit qu'une jambe en moins, ce n'est pas si grave. Si Lila était sur une chaise roulante, il l'aimerait tout autant. Antoine se raconte des histoires, il se ment, c'est comme s'il disait que son père n'a pas souffert d'être défiguré, mais il sait bien que, depuis son retour, son père n'a jamais retrouvé sa place. Ni à la maison où la frustration a fini par pousser ses parents à s'affronter, ni à l'usine où son œil borgne l'a relégué dans le coin des bons à rien.

En attendant, Antoine retrouve Lila et Lucie, à qui il donne le bain dans le bac à linge. Ce n'est pas difficile, il suffit de tenir l'enfant sous la nuque et les fesses, et de la promener dans l'eau tiède. Lila savonne, rince, puis enveloppe l'enfant dans une serviette. Elle disparaît derrière le rideau pour la tétée pendant qu'Antoine épluche les patates. Lucie s'endort dans le berceau prêté par Alcaraz. Elle réclame une fois pendant la nuit. Antoine part rejoindre Oscar chaque matin. Il enfile sa blouse, prend la relève, l'infirmier de nuit donne les consignes, signale les blessés agités, les cas les plus difficiles. Il aime rentrer à l'appartement le soir. Une fois il a dit *chez moi*. Drôle de façon de parler. Chez moi ce serait là où l'on dort, où l'on mange, où l'on est attendu.

Quand il ne finit pas trop tard, Antoine se promène avec Lila, poussant Lucie dans un landau. À un rythme nouveau, très ralenti, l'inverse du rythme de l'hôpital où il faut se presser, répondre aux urgences, monter les escaliers quatre à quatre. Il marche près de Lila et les deux se penchent sur le visage endormi de Lucie, parfois parcouru de grimaces, comme traversée par un rêve pénible. Ils font le tour de la place, gagnent le jardin public, restent un moment dans la douceur de l'air. On pourrait croire à un tableau idéal, une composition de rêve, qu'Antoine prend comme une bouffée d'air, où il puise les forces dont il aura besoin pour la suite.

Il oublie la rébellion qui gagne, il sait que ce temps est suspendu, qu'on est juste avant une vague qui promet d'être noire. Et le calme qui règne dans la petite ville, étrangement étale, est à la hauteur des troubles qui s'annoncent mais qu'on ne peut encore prévoir. Alors ils poussent le landau, ils font tout ce que doivent faire de jeunes parents, ils portent attention aux moindres détails. Ils n'ont d'yeux que pour l'enfant. Pour l'instant c'est simple, ils sont deux pour s'occuper d'un être de cinquante centimètres, docile et peu exigeant. On les croirait en vacances, c'est ce que dira Lila à sa fille des années plus tard, il faisait beau tous les jours, ça ressemblait à des vacances.

Fatima s'occupe des draps, puis des langes de Lucie, elle reste de plus en plus longtemps et met le linge à tremper sur place. Elle verse un peu trop de Javel, elle a l'habitude de désinfecter. Elle ne protège pas ses mains, elle frotte, elle s'agite au-dessus du baquet, et Lila la met en garde, Tes mains tu vas les perforer. Fatima étend les draps dans la cour, qui sèchent en si peu de temps qu'il n'est pas nécessaire d'en avoir une paire de rechange. On défait, on refait, les deux s'y mettent ensemble, pendant que Lucie commence à pousser de petits cris. Fatima rend des services de plus en plus importants, fait quelques courses pendant que l'enfant dort. C'est un peu le clan des femmes. Laborieux et gai. En apparence préservé. Quand Alcaraz vient frapper, on se demande quelles nouvelles du garage elle va apporter. Tant que l'apprenti ne rejoint pas les rebelles, elle dit que ça va. Elle dit que les Arabes ne feront jamais la loi.

Lila est réveillée chaque matin par les pleurs de Lucie. Lesquels se changent en onomatopées, qui appellent et invitent à la conversation. Parfois Antoine est déjà parti, parfois il prend son café devant la moustiquaire ouverte, les yeux encore pleins de sommeil. Il ne sait jamais quand il va être de retour, Tanguy l'envoie parfois en mission. Alors il revient tard, l'estomac retourné et le regard vide. Il voudrait être tendre, mais il a des visions, les cris des blessés se mêlent aux cris de Lucie. Il est maladroit, il lui arrive de s'endormir sans avoir parlé. Il essaie de faire des phrases, il a peur de prendre Lucie contre lui et de la faire tomber.

Lila commence à se lasser. Un soir Antoine ramène une lampe en scoubidou, offerte par un blessé reconnaissant, et Lila, un peu tendue, demande ce qu'ils vont faire de cette horreur. Puis elle regrette. Elle dit qu'elle est injuste. Elle n'avait pas imaginé qu'elle passerait ses journées à attendre. Elle n'a d'autre horizon que la vie domestique. Elle tourne en rond avec Lucie. Elle s'ennuie. Vivement qu'elle passe le permis.

Antoine n'est plus le même. Le compte à rebours se resserre avant qu'Oscar soit renvoyé. Un mur se monte entre lui et Lila, mais rien d'irréversible. Ils sont jeunes et leur désir sans fin. On raconte trop d'histoires dans les couloirs de l'hôpital, le retournement de De Gaulle, qui paraît-il vient d'annoncer à la télévision algérienne un référendum pour janvier sur l'autodétermination de l'Algérie, agite les esprits. On est au cœur de la bascule. On entend dans les manifestations *De Gaulle au poteau, De Gaulle assassin*. Il se dit dans les baraquements qu'un navire a déchargé des tonnes d'armes en provenance de Tripoli. Il se dit qu'un sous-marin de l'armée française s'est empêtré dans des filets de pêcheurs et n'a pu intervenir. Ce qui fait bien rire les gars.

Antoine va être envoyé quelques jours dans un camp d'entraînement. Il l'annonce un soir à Lila. Il va manier les armes, il va participer aux simulations d'opérations. Apprendre à ramener les blessés, dans des conditions de plus en plus difficiles, pour intervenir plus régulièrement sur le terrain. C'est la fin de la planque à l'hôpital. Il va prendre l'Alouette, l'hélicoptère transparent et léger, l'avion à plumes, comme l'appellent les *fellaghas*. Lila n'a pas le choix. Son homme va ramper sous des futaies, un vrai soldat, ce sont les images qu'elle avait toujours repoussées. Nous ne sommes pas en vacances, Lila.

Au retour des manœuvres, Tanguy ne se tient plus. La folie semble le gagner à nouveau. Il s'enferme des heures entières dans son bureau. On voit sa silhouette chaque matin, qui se profile au bout de la galerie, et parfois le temps est long avant qu'il franchisse le seuil du grand dortoir. Il fait un tour d'inspection, l'air peu concerné, il est de moins en moins bavard, ou il part au contraire d'un rire sonore inattendu. Les blessés le trouvent amusant, mais il ne rassure plus personne. Il énonce des consignes que les infirmiers ont déjà exécutées, il vérifie des posologies qu'il a lui-même prescrites. Il conteste parfois son propre avis. Il s'adresse aux blessés, mais il regarde en même temps ce qui se passe dans la cour, comme s'il lui était impossible de rester concentré. On sent qu'il fuit, qu'il n'en peut plus de toute cette misère, de toute cette jeunesse déglinguée.

Le renvoi d'Oscar est prévu dans deux jours et les papiers signés. Le rôle d'Antoine touche à sa fin. Les dernières heures ne se déroulent pas comme Antoine l'avait imaginé. Tanguy l'envoie travailler au deuxième étage. Et c'est peut-être mieux. Alors Antoine reste à distance, accomplit ce jour sa tâche comme un robot. Rien ne peut l'atteindre des plaintes des garçons nouvellement admis, qui ont encore dans les tympans le bruit des déflagrations, les cris de leurs assaillants, et des copains qui tombent. Rien ne l'émeut aujourd'hui de ces corps agressés, de ces chairs mises à vif et de la peur dans les yeux. Il calme, il prend contre lui, il palpe, il pique, il apaise, mais sans être là vraiment. Il est dans la perfection des gestes, au sommet de son art, si l'on peut dire, mais il est absent. Il ne pense qu'à Oscar, deux étages plus bas, qu'on va lui arracher. Il sent comme l'Algérie va être vide sans lui. Il doit se raisonner. Il aide un garçon à se lever pour atteindre les toilettes. Il le porte presque dans ses bras et se demande si c'est normal, de penser plus à Oscar qu'à Lila.

Oscar

Avant de quitter l'hôpital, Antoine passe la tête derrière le paravent, c'est tout ce qu'il lui reste, cette perspective de quelques minutes particulières. Oscar n'est pas dans son lit, il est allé prendre l'air dans la cour. Il fume une cigarette, installé sur un banc, les jambes croisées dans le tissu du pyjama. Les béquilles sont posées près de lui. Antoine l'observe de loin, et ce qu'il voit est beau et obscène. Un jeune homme très brun, aux cheveux presque longs, une barbe de trois jours sur un profil buté au regard vague. Le saisit l'élégance d'Oscar, la légère voussure du dos, la position de l'avant-bras quand il aspire la fumée, l'inclinaison de la nuque, sans doute sa silhouette d'avant l'amputation. On ne devine rien sous le pyjama. On sent la force, le tempérament de l'homme qui croise les jambes comme s'il était au café, dans sa vie de tous les jours, en train d'attendre la bière qu'il vient de commander. Antoine a ce flash, et il reste arrêté, sur le seuil du dortoir, à regarder Oscar qui fume près du palmier. Il s'approche, sachant qu'il va briser cette image fugitive.

Antoine prend place sur le banc, ce qui leur évite de se faire face. Ils ne se regardent pas mais respirent un peu ensemble. Et ce qui vient à l'esprit d'Antoine est une sensation imbécile mais tellement forte, lui qui a touché le corps d'Oscar chaque jour, lui qui l'a ausculté, massé, lavé, là il n'ose pas une simple étreinte, juste passer son bras autour de son épaule, ou mettre sa main sur sa cuisse, en un geste direct et viril, là il ne parvient pas à entrer en contact avec

Oscar, corps contre corps, parce que le geste n'est plus médical, n'est plus dans la logique du soin. Ce serait un geste d'affection, de pure tendresse, dicté par l'absolue cruauté de la situation. Alors Antoine se contente d'une bourrade de l'épaule, mesquine, ridicule et insensée, comme il faisait quand il était adolescent avec les copains de l'école, un petit mouvement un peu sec, mais tout de même complice, qui dit toute la gêne de ces minutes impossibles à vivre. Comme ils ne peuvent pas parler, étranglés par ce qui les bouleverse, ils demeurent silencieux. Puis Antoine parvient à poser la question, in extremis, Ta jambe, tu ne m'as pas dit comment c'est arrivé. Oscar répond à voix basse, Viens me voir à Oran, si tu veux savoir, avant qu'on me mette sur un bateau.

Après Antoine marche dans les rues, un peu sonné. Il ne se déplace pas mieux que ne le ferait Oscar. Il traîne la patte, il sent qu'il pourrait se mettre à boiter, à vaciller, tant ce qui monte en lui le déséquilibre. Il n'a plus de raison de rester là. L'hôpital, l'Algérie. C'est comme si sa mission était terminée. À quoi peut-il encore servir dans cette guerre dont il ne voit que l'arrière-cour cabossée ? Il sait qu'il va continuer à soigner, il n'a pas le choix, c'était son désir, ne pas tenir une arme. Il est celui qui arrive après, qui colmate et qui répare. Il se demande si cela suffit, panser les plaies. Et soudain il a envie d'en découdre. Pour la première fois, il sent que la colère monte, il ne sait pas contre qui. Sa détresse se transforme en un instinct mauvais. Il avance, les mains dans les poches de sa tenue militaire, la démarche incertaine et la nuque brisée. Il rentre retrouver Lila et Lucie, il va essayer d'être là, pour elles, d'être vraiment là. Il n'a pas la force de raconter.

Lucie est allongée sur le dos, les yeux ouverts. C'est comme si elle l'attendait. Il lui semble que les sons qu'elle émet sont plus appuyés, et qu'ils lui sont destinés. Elle le fixe, depuis son berceau, elle remue les jambes et les bras, et pousse de petits cris à son intention. C'est de plus en plus net. Lucie l'appelle, elle ne s'intéresse pas à sa mère mais à lui, qui vient juste de pénétrer dans la pièce. Il prend le temps d'enlever sa veste, puis il tourne autour de sa fille, sous les yeux attentifs de Lila. Il tourne et finit par se pencher sur l'enfant, il l'approche de plus en plus près, il lui caresse la joue, il lui parle. C'est comme si Lucie avait deviné la peine de son père. Elle ne le laisse pas succomber à la tristesse. Elle intervient, courageuse et décidée, elle fixe Antoine et bientôt lui sourit. C'est un premier sourire, il n'y a pas de doute, fugace mais répété. Et plein de force. Alors Antoine saisit le petit corps, le soulève délicatement, avec la peur de mal s'y prendre. Puis il le blottit contre sa poitrine, il marche ainsi dans la cuisine, tourne, puis tourne encore, enveloppant Lucie d'un geste protecteur. Lila les rejoint le temps d'une étreinte dans la lumière feutrée qui sera bientôt celle de l'hiver. C'est une image sans paroles, dont on n'a pas l'habitude, celle d'un homme en chemise militaire étreignant une femme dont la silhouette habillée de rouge dissimule une petite fille de six semaines, qui tente de lever la tête vers son père et d'attirer toute son attention.

Quelqu'un monte l'escalier en trombe. Lila n'a pas envie d'ouvrir. Elle a passé une mauvaise nuit. On frappe, avec une sorte de précipitation. Ce matin-là Alcaraz est agitée, ses cheveux sont défaits et ses yeux gonflés. Dans la nuit, la ferme du marais des Ouled Mendil, près d'Alger, a été saccagée. Alcaraz fait comme si Lila savait tout de cette ferme expérimentale, l'un des chefs-d'œuvre de la présence française en Algérie. Son frère y travaille depuis longtemps comme gardien. Il s'en veut de n'avoir pas pu empêcher les terroristes de pénétrer sur la parcelle et de tout détruire, les tracteurs, le matériel agricole, il s'en veut de n'avoir pas pu protéger les bâtiments qui se sont embrasés dans la nuit, et aussi les animaux dont il a entendu les hurlements quand les *fellaghas* les ont égorgés, les hennissements des chevaux qui devaient se cabrer en même temps que les lames tranchaient leur cuir épais, le meuglement des vaches et des bœufs, qui se chevauchaient pour échapper à la boucherie, les bêlements affolés des moutons qui se piétinaient face aux hommes armés de longs couteaux. Alcaraz sanglote au-dessus du café que lui a servi Lila, et poursuit son récit funèbre, énumère les oies à qui les rebelles ont tordu le cou, les poules dont les plumes ont volé dans la lueur des flammes, les canards et les pintades décapités, et c'est la tête remplie de ces images d'apocalypse que Lila disparaît derrière la tenture, promettant de revenir une fois la tétée terminée.

Alcaraz poursuit, sèche ses larmes, dit qu'il n'est rien arrivé à son frère, répète que cette fois n'était pas la bonne, mais que le danger se rapproche, les mailles du filet se resserrent, elle a toujours dit à son frère qu'il était trop exposé, en première ligne sur la grande exploitation, malgré la présence d'autres hommes, des cultivateurs, des ouvriers, des Arabes pour la plupart, qui veillent sur les terres, les récoltes et les bêtes. Elle raconte comment, au début du siècle, le docteur Roux qui dirigeait l'institut Pasteur a voulu lutter contre le paludisme en asséchant un marais de la Mitidja. Il lui a fallu des décennies pour y arriver, enseigner les méthodes prophylactiques, redonner espoir aux populations et reconvertir une terre insalubre en terre nourricière. Et là, en une nuit, un demi-siècle de travail et de recherches scientifiques a été anéanti. Alcaraz doute que son frère s'en remettra. Quand on s'en prend à la terre, aux racines enfouies dans le sol, quand on met le feu aux arbres fruitiers, quand on va jusqu'à supplicier les animaux, c'est que plus rien ne peut arrêter la rébellion.

OSCAR

Lila, qui écoute, demande finalement à qui appartient la terre. Aux indigènes qui vivaient là avant, ou aux colons qui l'ont fait fructifier ? Et puis elle rajoute, en réfléchissant, que c'est plus compliqué, puisque les ouvriers agricoles sont des Algériens. Elle prend soudain la mesure de ce qui se passe. Elle aimerait qu'Alcaraz quitte l'appartement, mais elle sait que c'est par elle qu'elle peut enfin comprendre ce qui se joue, et les raisons de la présence d'Antoine ici.

Les appelés comme Antoine, touchés par l'inquiétude qui ravage le pays, savent que ce n'est plus comme avant. Jo dit que le colonel a de nouveaux rendez-vous. Il n'a pas le droit d'en révéler davantage. Mais il sous-entend que quelque chose se trame. Le colonel ne prend plus le temps de l'inviter à boire un verre dans les bars chics, ou sur les hauteurs d'Oran d'où l'on surplombe la mer. Jo le conduit de réunion en réunion, attend dans la 203, et le colonel n'a plus le cœur à plaisanter. Tout le monde parle de la grève générale, des émeutes, des manifestations qui touchent Alger, Oran, Mostaganem, Orléansville et même Sidi-Bel-Abbès. Antoine sent que ça approche. La ville est vibrante, électrique. Les Français savent que de Gaulle les a lâchés. Chacun attend l'étape suivante, chacun observe son voisin, et surtout le camp opposé. C'est nouveau, il semblerait qu'il y ait un camp. Les autres ne sont plus ceux du FLN, les rebelles qui se planquent dans le djebel ou commettent des attentats, mais simplement les Algériens, ceux qui vivent à côté, qui vendent sur le marché, qui font le ménage et lavent le linge des Européens. Chaque jour, une méfiance se creuse davantage entre les communautés, qui se change en peur, puis bientôt en psychose quand une rumeur terrible se répand. C'est Fatima qui en parle la première, elle qui d'ordinaire est silencieuse et semble indifférente à la politique. Il paraît que des commandos d'Européens, de juifs, de légionnaires, s'adonnent la nuit à des expéditions punitives dans les quartiers musulmans. Il paraît qu'on pratique des ratonnades, ce n'est plus l'armée qui cherche les *fellaghas*, mais des milices européennes qui traquent et qui liquident.

Après la visite de De Gaulle, tout devient poisseux et menaçant. Il ne suffit plus de passer aux travers des attentats pour avoir la sensation d'une vie protégée. C'est autre chose qui gronde, comme un bruit de fond qui vient des caves et des montées d'escalier, une onde qui se propage dans la ville et concerne chacun, oblige chacun à regarder l'autre sous un jour nouveau. Le boucher dont la viande d'agneau est si tendre, le marchand de légumes en bas de la rue, le facteur, l'éboueur, le pompiste, la marchande de tissus, l'opticien, le policier, le maître-nageur de la piscine municipale, l'employé de l'état civil, le plombier, le marchand de journaux, la coiffeuse, le cordonnier, le buraliste, les simples promeneurs, les enfants qui jouent dans le square, les mères qui les surveillent. Qui est chacun ? Algérien ou Européen ? Rebelle ou harki ? Militaire ou appelé ? Alcaraz dit à Lila qu'elle devrait renoncer aux services de Fatima. Elle dit avoir de moins en moins confiance. Elle fait des phrases pleines de sous-entendus. Mais Lila ne veut rien entendre, elle refuse d'admettre ce qui se passe, et bien sûr, elle n'y croit pas.

Antoine vit une succession d'ordres et de contre-ordres. Une mission de vaccination à laquelle il devait participer est annulée. Tout le monde doute, tout le monde est remué. Un soir, Tanguy convoque Antoine. Il faut que Lila quitte le pays, le terrorisme va s'intensifier. Il ne veut pas avoir à se préoccuper de sa sécurité. Ce n'est pas la place d'une femme, lui dit-il enfin. Comme si c'était sa place à lui, Antoine, d'être là. Tanguy veut qu'il soit disponible nuit et jour. Fini la parenthèse amoureuse, les choses sérieuses vont commencer.

Antoine prend enfin le train. Il est en règle. Permission. Billet exonéré. Il doit voir Oscar pendant qu'il en est temps. Mais le train, qui roule au ralenti, est arrêté à l'entrée d'Oran à cause d'une alerte à la bombe. Dans un bureau de poste près de la gare, évacué en catastrophe, très fréquenté en cette période de fêtes de fin d'année. Chacun se dévisage dans le wagon. Il n'y a qu'un seul Arabe, resté muet depuis le départ, avec sur les genoux un objet volumineux qui a la forme d'une cage. L'homme somnole, n'a pas l'air de se rendre compte de l'agitation qui gagne les voyageurs. Si c'est une cage, on n'entend pas d'oiseau chanter. Personne n'ose dire ce qui lui traverse l'esprit, mais c'est bien à la même chose que chacun pense, au danger que représente cet homme qui dissimule sans doute un explosif. Une femme et une adolescente quittent la voiture, puis un couple de personnes âgées, qui tentent de trouver le contrôleur pour désigner le suspect. Antoine, assis en face du vieil Arabe, soulève le tissu de velours mordoré. Ce qui apparaît est aussi

OSCAR

dangereux qu'une bombe puisqu'il s'agit d'un serpent de bonne taille, enroulé sur lui-même, un naja sans doute, qui menace de se dresser. Et pendant que les voyageurs s'impatientent, veulent tout savoir de l'alerte à la poste, l'homme poursuit son sommeil traversé de rêves probablement inquiets.

Antoine connaît l'hôpital militaire d'Oran, l'entrée, le hall, il y est venu souvent. Il montre ses papiers. On le fait attendre. On l'oublie. On lui demande de revenir plus tard. Oscar n'est pas visible. Antoine insiste. Il n'a que la journée, un train retour dans quelques heures. Il sait que cela ne compte pas, la parole d'un appelé. Mais il est persuasif. On le met en garde, Oscar est agité, on a dû l'isoler.

Oscar attendait Antoine depuis son transfert. Il a simulé, des malaises, une perte de mémoire, il a joué au trembleur. Il a tout tenté. Pour gagner du temps. Pour laisser Antoine arriver jusqu'à lui.

Ils sont enfin seuls dans la chambre. Le visage d'Oscar a changé, en moins de trois semaines. On devine qu'il n'a pas fait que simuler. Peut-être s'est-il laissé aller au désespoir pour de bon. Ici c'est une femme qui fait les massages et qui lui donne des pilules à avaler. Elle frappe parfois dans les mains pour voir s'il sursaute. Elle met un doigt devant son nez et lui demande de suivre l'index qui se déplace à droite, à gauche. Elle teste. Il arrive qu'elle lui parle comme à un enfant. C'est une femme qui le maintient captif, ni douce ni vive. Une infirmière fatiguée, qui en a vu d'autres, qui est obsédée par le désir d'ouvrir la fenêtre quoi qu'il arrive. Aérer c'est le premier mot qu'elle prononce chaque jour. Mais le médecin du service est un genre de Tanguy, version psychiatre, qu'on entend arriver depuis le fond du couloir, qui n'hésite pas à le réveiller pour lui demander s'il se souvient. C'est son obsession, est-ce qu'il se souvient ?

Oui, Oscar se souvient de tout. Et c'est parce qu'il se souvient qu'il ne veut pas rentrer en France. Il se souvient que Camille l'attend. Il se souvient qu'il lui a menti. Il a dit la blessure, mais pas l'amputation. Il a dit la convalescence, longue et compliquée. Il a caché la vie qu'ils ne pourront pas avoir, la maison qu'il ne pourra pas bâtir. Les pierres qu'il ne pourra pas porter. Il se souvient de leurs rendez-vous dans la forêt, du bois qu'il ne pourra pas couper, il se souvient du feu qu'il allumera, cela il le pourra, allumer le feu, rester là à regarder le feu. La seule vie possible. Regarder le feu qui le consumera.

Antoine dit qu'il va l'aider, quand ils seront sortis de ce pétrin. Il viendra dans son *bled*. Puisque maintenant ils connaissent le sens du mot *bled*. Il aime la campagne, la ferme de son grand-père n'est pas loin. Peut-être que cela plairait à Lila, de vivre au grand air. Antoine s'emballe, il imagine qu'il s'installera aux pieds des volcans. Il trouvera un travail, il sera infirmier à l'hôpital de Clermont-Ferrand, ils auront toute la vie pour réparer.

Mais Oscar a le regard sombre. Il fait semblant de croire Antoine. Oscar tombe de sommeil, et il n'est que quinze heures, ce sont les médicaments.

Oscar

Il n'est pas question de dormir, Oscar, tu dois me raconter. Antoine secoue Oscar doucement. J'ai un train dans pas longtemps.

Oscar se souvient de tout.

Oscar était caporal dans un commando de chasse qui ratissait au-dessus de Tlemcen, dans une montagne aride. Ce jour-là, le capitaine était monté voir les gens du village. Pour prendre des renseignements, pour faire ami, pour s'assurer de leur discrétion, de leur allégeance. La routine de l'armée.

Le capitaine avait clairement expliqué à la section. Long rapport la veille, penchés sur la carte d'état-major, qui laissait entendre que l'opération ne serait pas une science exacte. Les habitants du hameau seraient là. Il faudrait se montrer amical. Il faudrait savoir les rassurer, et les garder moralement avec soi. C'était des Arabes, mais pas ceux que l'armée traquait. Eux, c'était les modérés, comme on disait parfois, les civils qui n'avaient rien demandé, des paysans, qui s'occupaient des bêtes, qui allaient chercher l'eau à dos d'âne, qui dormaient sur la paille avec les animaux. Ceux qui portaient autour de la tête ce chèche qui rendait leur visage noble, et dont le regard semblait impénétrable. Eux, ils ne possédaient rien que quelques pierres trouvées dans la montagne et assemblées en abris précaires, des chèvres qui cherchaient de quoi survivre dans la rocaille et quelques moutons. Des hommes silencieux, des femmes craintives, des enfants nu-pieds, repliés dans leur isolement et étrangement sereins. Eux n'avaient jamais rien reçu des apports de la colonisation, ni soin, ni alphabétisation, ils formaient une grande part de la population algérienne, qui ne parlait pas français, n'était pas vaccinée, ne mangeait pas à sa faim. Ils n'avaient rien, rien demandé sans doute, rien espéré. Mais ils vivaient au cœur du djebel, et le djebel était le territoire de la rébellion. Et bien sûr, comme dans tout maquis, les modérés étaient amenés à ravitailler les *fellaghas*, ils les cachaient et les craignaient.

Le capitaine ne s'était pas étendu sur ce point, avait seulement dit que les gens du hameau pouvaient jouer double jeu, qu'il fallait se méfier. Ce qu'avait fait l'armée française pour les acheter était malin, des militaires étaient montés quelques mois plus tôt avec des fusils de chasse et les avaient armés. Ici mais pas seulement. Pour qu'ils se protègent contre les rebelles, pour qu'ils puissent monter la garde contre les combattants qui n'hésiteraient pas à les massacrer s'ils trahissaient. Et les paysans, qui n'avaient jamais eu entre les mains une arme à feu – des modèles que l'armée avait récupérés de la guerre de 1940 – s'étaient sentis exister, pris en compte pour une fois, ils s'étaient sentis complices de l'armée française, et donc de la France, qui veillait enfin sur eux. Les hommes possédaient des fusils, ils avaient une mission à accomplir. Ils avaient de quoi tirer sur les leurs, autant dire sur leurs fils, c'était la méthode de l'armée, et elle portait ses fruits.

Le capitaine et le lieutenant sont allés à la rencontre des gens du hameau. Cela a duré de longues minutes, avant qu'ils rejoignent la section qui avait continué d'avancer, en surplomb d'un champ d'où montait le chant des grillons. Oscar s'est dit que s'ils venaient à être faits prisonniers et qu'ils meurent de faim, ils pourraient toujours manger des grillons, c'était de sacrés morceaux, pas comme dans le Massif central où ils chantaient tout l'été mais n'étaient que de maigres insectes sans intérêt. Il pensait à cela en même temps qu'il avançait entre deux soldats, il savait très bien qu'avec les *fells* il ne serait pas fait prisonnier mais sûrement égorgé sur-le-champ, si on se fiait à ce qui arrivait ici ou là.

Les pensées d'Oscar étaient curieuses, c'était comme s'il divaguait, il n'aurait jamais imaginé qu'il pourrait un jour se figurer en train de manger des insectes, mais l'histoire qu'il avait entendue il y a peu, un soir autour du bivouac à faire griller sur le barbecue des denrées fantaisistes comme des lézards ou même un écureuil, plus pour s'amuser qu'à cause de la faim, l'avait fait changer d'avis. Le lieutenant racontait alors que, pendant les invasions de sauterelles, les Arabes, las de mourir de la famine causée par les récoltes dévastées, avaient fini par en faire une denrée nourrissante, séchée dans de grands sacs et mélangée avec du sel.

C'est ce à quoi pensait Oscar au moment où il longeait le champ en pente parcouru de ronces et de cailloux, sachant que la mission devait les occuper la soirée entière et sans doute une partie de la nuit. Il n'était pas encore entré dans la peur qui précède l'action. Il se contentait de garder sa place dans la file indienne, qui se dirigeait à présent vers l'ouest avec le soleil couchant droit devant, bientôt masqué par les pitons rocheux dont ils approchaient. Il était encore capable de repérer un rapace, et de se dire que, dans cette montagne-là, il y avait les mêmes buses que chez lui, les mêmes grillons et les mêmes chèvres, à moins que les gros oiseaux qui volaient là-haut ne soient des vautours. Il y en avait dans les environs. Il n'était capable de penser à rien d'autre qu'à des considérations naturalistes. La faune, c'en était presque risible, il n'y avait jamais attaché d'importance auparavant, et là, il n'avait en tête que des histoires de chacal, de sanglier, d'hyène, il regardait où il mettait les pieds, des fois qu'il viendrait à déranger une vipère de l'Atlas.

La soif se faisait sentir alors qu'ils marchaient depuis vingt minutes à peine. Ils sont entrés dans un sous-bois, ils ont grimpé le long d'un sentier de plus en plus étroit. Ils ne parlaient pas, on entendait leur souffle, et parfois le cliquetis du pistolet-mitrailleur qui ripait contre la ceinture. C'était l'été, toutes les odeurs montaient de la terre et des conifères asséchés, et la chaleur était encore oppressante malgré l'heure qui tournait. Ils sont passés près d'un grand cèdre, ont fait rouler les pommes de pins sous les rangers. Ils se sont immobilisés à flanc de montagne, près de l'entrée d'un passage qui pouvait être une grotte, mais n'était finalement qu'une découpe dans la roche, ils ont bu, ont allumé des cigarettes avec l'ordre de rester à couvert. Fumer pouvait les faire repérer. Le jour déclinait et il suffisait

Oscar

d'attendre, d'après ce que disait le capitaine. Accroupis sur les aiguilles de pin en tapis épais, ils ont commencé à visualiser le décor de leur théâtre. Ils étaient en contrebas d'une bergerie, ils devinaient le troupeau de moutons dispersé plus haut, à une altitude où il y avait sans doute quelque chose à brouter. Ils n'avaient plus que cela à faire, attendre, et espérer qu'au bout de l'attente, ils seraient encore des hommes. Oscar se disait que c'était là que cela se passerait. C'était sa première fois.

Ils ont monté, ils ont soufflé, ils ont senti l'air se rafraîchir. Ils sont restés cachés dans le bois. Et c'est là que c'est arrivé. Bien plus vite qu'ils n'avaient imaginé. Exactement comme prévu, cela en était déconcertant. Des *fellaghas* sont apparus au bout du sentier, ils allaient passer devant la compagnie embusquée dans la pénombre, sans doute pour rejoindre le hameau. Un jeu d'enfants. L'ordre a été donné de tirer. Ils étaient comme les violons d'un orchestre parfaitement accordé, le feu est parti d'un seul rugissement. Certains hommes ont été abattus, Oscar ne dit pas s'il a tiré. D'autres ont été escortés pour les descendre jusqu'au camion, pressés avec des coups derrière la nuque, après quoi ils seraient interrogés au campement, des gars qu'on ne reverrait sans doute jamais, qui parleraient ou pas, qui seraient peut-être enterrés sur place, ou jetés depuis un hélicoptère dans la Méditerranée, les pieds coulés dans du béton.

Oscar pensait que c'en était terminé, que la mission était remplie. Qu'il faudrait simplement se remettre d'avoir vu les gars massacrés sous ses yeux. Que c'était cela qu'il mettrait des mois et peut-être des années à encaisser. Il avait participé à une tuerie, dans un sous-bois en contre-jour, et sous l'effet des balles tirées, des pommes de pin avaient été projetées en l'air, et la poussière avait volé, était restée un temps en suspension dans le dernier fil de lumière rasante, émaillée d'insectes en tous genres, des coléoptères, des hannetons, des mouches, et aussi des papillons, qui avaient fait comme un halo autour des corps qui s'affaissaient. C'est à cela qu'il avait pris part, une avalanche sur un terrain en pente, modifiant d'un coup l'équilibre du paysage, faisant basculer les points cardinaux, et provoquant des cris de terreur inattendus, de ceux qui restent une vie entière dans les tympans. Il s'était dit que c'était enfin arrivé, là plaqué à terre avec son arme étreinte comme une fiancée, incapable de se relever, choqué par le poids des corps qui tombaient à dix mètres, aussi lourds que des arbres qu'on abat. Le sol avait bougé, de cela il se souvient, du sol qui avait tremblé. Et de la toile d'araignée qu'il avait sous les yeux à moins d'un mètre et qui était demeurée mystérieusement intacte, si finement dessinée.

C'était allé très vite et Oscar, malgré le cœur prêt à exploser, respirait, répétant pour lui des mots encourageants. Il était vivant, c'était aussi simple que cela. Il l'avait fait. Maintenant il savait.

Au moment où le capitaine a ordonné le rassemblement pour redescendre, un groupe de rebelles est sorti du bois, juste derrière, sans qu'aucun craquement ait trahi leur présence. Le feu a parlé pour eux, à revers, calculé au cordeau, coupant le souffle aux appelés qui reprenaient leurs esprits et commençaient à envisager une cigarette. Aucune riposte n'a été possible. Une partie de la section est tombée, fauchée dans l'instant. Sans la peur qui va avec, faute de temps. Le radio et son matériel ont été pulvérisés. Le lieutenant tenait un bras qui pendait en travers d'un chêne-liège. Le sien ou pas. Oscar ne savait plus où étaient le haut et le bas, la terre se mélangeait au ciel, très sombre d'un coup. Mais il voyait des silhouettes ramper et d'autres qui ne bougeaient pas. Tout près cette fois, à ses pieds, c'était un amas qui gémissait, il pouvait toucher de la main les bustes mêlés aux armes, les casques perforés, et les membres sectionnés. Il pouvait voir à deux mètres le sang rouler en petites rigoles entre les racines des pins. Mais lui il n'avait rien. Il se touchait, il se palpait, il ne sentait rien. Et puis il a vu sa jambe droite, avant que la douleur le prenne, et l'enflamme d'un coup. Une balle avait traversé sa cuisse, sans trop de dégâts, en apparence.

Les *fellaghas* se sont échappés dans la forêt. Il n'y aurait pas de prisonniers cette fois. Le capitaine avait rassemblé les soldats encore valides. Il fallait traîner les corps des blessés jusqu'à la bergerie, dans le pré un peu plus haut. Il fallait faire vite, avant qu'il ordonne le repli. Malgré sa jambe, Oscar a pu soulever, hisser, porter sur son dos un copain meurtri. Les gars ne voulaient pas qu'on les oublie, les gars voulaient marcher, même avec les jambes brisées et les tripes à l'air, les gars voulaient tout sauf rester là. Ils avaient tous en mémoire ce qu'on leur avait raconté de l'embuscade de Palestro, la compagnie retrouvée égorgée et affreusement mutilée. Ils ont mis un temps fou avant de gagner la bergerie. Les gars imploraient. Il fallait que le capitaine aille chercher des secours. Oscar a été désigné pour rester. C'était le moins abîmé. Rester pour quoi faire ? Veiller sur des hommes mourants ? Le capitaine a coupé court, il y avait urgence. Il a déguerpi avec les valides. Ils ont disparu au bout du chemin.

Oscar s'est assis un moment dans la bergerie. Il avait chaud, puis froid. Il a bu, il s'est aspergé le visage. Puis il a considéré de plus près les blessés, salement arrangés. Il savait que s'il demeurait avec eux, il avait peu de chance de survivre. Les rebelles reviendraient, sans doute plus vite que les secours. Il devait se décider. Rester et apporter du réconfort aux copains qui se tordaient et suppliaient. Ou désobéir et les laisser à leur triste sort. Il y avait Paul, Léon, et aussi Marc et Vincent, avec qui il trichait à la belote encore la veille après avoir avalé des saucisses de Toulouse et réclamé de la moutarde comme des enfants. Marc, silencieux et prostré, le seul qui ne se plaignait pas, comme résigné.

Oscar se disait qu'il tiendrait le coup malgré sa jambe, ce n'était pas si grave, il s'en remettrait. Il s'est souvenu des films de cow-boys, il avait vu des hommes blessés tomber de cheval, rouler dans la poussière, se traîner au pied des cactus avec une

Oscar

tache de sang qui imbibait le haut de la cuisse. Il s'est souvenu du garrot qu'il faut nouer, de la bande de tissu qu'il faut découper, de la plaie mise à nue, et de la balle qu'on tente d'extraire à vif, de la rasade d'alcool bue en guise d'anesthésie. Il se disait qu'il pouvait faire aussi bien qu'un cow-boy. Mais il faisait noir dans la bergerie, et malgré la lueur de sa lampe électrique qu'il maintenait en tremblant, il voyait bien qu'il ne pourrait pas agir, ni sur lui ni sur les autres. Dans les westerns, le type rampait, se mettait à couvert, récupérait son chapeau tombé pas loin, respirait par saccades, le visage grimaçant, et continuait à tirer sur les Indiens. Sa jambe droite n'était pas trop abîmée, aucune balle ne s'y logeait, c'était un miracle. Parce que les *fellaghas* utilisaient des balles vrillées, le capitaine leur avait expliqué, qui entraient dans la chair, et creusaient des galeries larges comme la main, broyaient les organes et ne laissaient aucune chance.

Il fallait qu'Oscar ait le courage de quitter la bergerie et d'abandonner les hommes qui lui demandaient de l'aide. Avec la certitude de ne jamais les revoir. Le dilemme était cruel. Il a donné à boire, il a dit qu'il allait inspecter les environs. Il se souvient de tout, de sa voix quand il a menti, et de la façon dont Vincent lui agrippait le bras.

Il faisait nuit à présent, il espérait que la lune allait se lever. Il sentait la peur arriver. Il était seul dans la montagne, il avançait sans savoir dans quelle direction aller. Il a trouvé un bâton sur lequel il s'est appuyé. Il voulait éviter le chemin par lequel ils étaient montés, à cause des *fells*. Il pensait contourner par l'arrière, escalader la roche au-dessus de la bergerie, rester caché jusqu'à l'arrivée des secours. Il a avancé sur un sol rocailleux, presque à tâtons, il repensait aux serpents, dont il espérait qu'ils ne sortaient pas la nuit, il a gagné une sente qui conduisait à la forêt. Il ne pouvait pas se servir de sa lampe de peur de se faire repérer. Il progressait malgré tout. Il avait son fusil, et encore quelques munitions.

Oscar avait parcouru environ cent mètres quand il a glissé dans une petite fosse et posé le pied sur des mâchoires d'acier. Le piège s'est refermé et sa fuite a été stoppée net. Deux mâchoires rouillées mordaient son mollet gauche, juste au-dessus de la ranger. Il allait les ouvrir, et poursuivre, il allait trouver le mécanisme. Des pics entaillaient la chair, mais il allait se libérer. Il a essayé de maintenir la lampe avec les dents et de desserrer l'étau, mais c'était impossible. Oscar a senti les battements de son cœur accélérer, puis pulser dans sa gorge. Il n'a pas compris tout de suite qu'il ne pourrait pas s'échapper. Il avait été projeté à terre, son mollet saignait, en plus de sa cuisse de l'autre côté, et cela en était fini de son évasion. Il était à la lisière de la forêt, encore à découvert, tout était silencieux. Il ne percevait que le souffle de sa respiration. Puis, au fur et à mesure que le temps passait, de légers froissements d'air, comme des bruissements d'animaux, les premiers hululements d'une chouette, et le vent qui soufflait doucement dans les branches des pins. Il était allongé sur le flanc dans la lueur de la lune qui était apparue, sur un sol rocailleux, planté de romarins et d'arbousiers, dont le parfum lui parvenait en même temps que la fraîcheur gagnait. Il fallait faire vite, il savait ce qui l'attendrait une fois le jour levé et peut-être même avant, le retour des *fells* qui se planquaient dans les environs. Il savait qu'il serait bon pour le sourire kabyle. Comme les autres dans la bergerie.

Oscar a essayé d'ouvrir le piège avec son couteau de combat, qu'il a glissé dans toutes les fentes, sous tous les angles. Il tentait de se rappeler les récits de chasseurs dans les campagnes d'Auvergne, qui ramenaient du gibier aux poils collés par la boue, le sang et la bave des chiens, il se souvenait des pattes de lapins entaillées, des animaux aux yeux vitreux que son père et son oncle posaient sur la table de la cuisine, mal rasés, le regard encore brillant du sommeil interrompu à l'aube. Il se revoyait à quatorze ans, marchant pour la première fois dans des bottes trop grandes, à parcourir les champs, longer les maïs pas encore récoltés, et les vignes qui donnaient cette piquette que les Italiens refusaient de boire tant elle râpait le palais, suivant son père sans bruit, et s'agenouillant devant un piège qui blessait un chevreuil très jeune. Il revoyait son père essayant de calmer l'animal, et se désolant de ne pouvoir ouvrir les mâchoires. Il se souvenait de lui bataillant, jurant, soudain si doux avec la bête, puis parvenant enfin à libérer l'animal qui pleurait comme un chiot. Était-ce à l'aide d'une arme blanche, Oscar ne savait plus. Oscar s'affolait, il croyait entendre la détonation du fusil de son père, il se croyait perdu.

Oscar a cisaillé avec le couteau, de plus en plus fort, il a fait le geste pendant de longues minutes, mais l'acier n'a pas bougé. Il s'épuisait. Enlever la ranger ne servait à rien. Il a continué avec la lame qu'il a glissée entre la mâchoire et la peau. Il a patienté. Il a réfléchi encore. Puis il a commencé à creuser, se disant qu'il n'avait pas le choix, il a fait entrer le couteau dans la chair, en respirant très fort, espérant pouvoir ainsi faire pivoter la jambe, il a mis des brins de romarin dans la bouche pour que ses dents aient une épaisseur à serrer et pour contenir le cri qu'il sentait monter. Il a mâché, il a avalé un peu de cette salive amère. Il devait s'extraire du piège, il transpirait, il s'est demandé si mourir n'était pas préférable. Il a pris le couteau, qu'il suffisait de planter dans sa gorge, il mettrait un terme à sa souffrance. Il ne savait plus pourquoi il était ici, en Algérie, à flanc de montagne, près d'un troupeau de moutons dont il croyait parfois entendre le bêlement et qui ressemblait à la bande-son d'un rêve étrange.

Il a pensé qu'il pourrait tirer avec son arme, le mécanisme exploserait. Mais la détonation le ferait repérer, et il n'avait pas assez de recul pour œuvrer avec précision. Il a soufflé un peu. Il s'est repris. Puis il a continué à cisailler, il a eu une vision, il lui faudrait se couper la jambe s'il ne parvenait pas à ouvrir le piège. Le froid le saisissait mais il était en sueur, il n'avait pas idée de l'altitude, un peu plus de mille mètres, ce n'était rien. Son mollet était en sang. Et, d'un coup, il a pensé au loup. La terreur est passée dans ses yeux. Il ne savait pas, loup ou chacal, était-ce un piège à loup ? Il a cru entendre des bruits nouveaux dans la forêt, des pas qui approchaient, et bientôt les hurlements du carnassier.

Il a fini par se blottir dans la petite fosse, une légère incurvation dans la terre, là où le sol était moins sec, pas meuble ni moelleux mais jonché d'aiguilles de pin. Il s'est lové dans cette couche, a coupé les fougères à portée de main et en a recouvert son corps pour se protéger du froid, et surtout pour se cacher, exactement comme avait recommandé son père le jour où ils s'étaient perdus, à traquer le sanglier dans une forêt profonde. Il ne servait à rien de marcher, lui avait dit son père, ils finiraient par tourner en rond et perdre leurs forces. La seule chose à faire si la nuit tombait était de s'allonger dans un abri et de se couvrir de feuilles, de cela il se souvenait aussi.

L'obscurité était de plus en plus épaisse, une superposition d'ombres bougeait légèrement avec le vent. Oscar commençait à délirer, il se demandait s'il entrait dans l'inconscience ou simplement dans le sommeil. La douleur était devenue sourde et gagnait son bassin, et tout son abdomen, il ne pouvait plus lutter. Il a entendu des souffles dans le bois, des trottinements légers, des échos étouffés. Il a somnolé, est revenu à lui, le froid l'empêchait de s'abandonner. Puis il a plongé dans un noir peuplé de loups, en même temps que la brume se levait. Il a senti l'animal approcher, puis le poil qui le frôlait, il a reconnu la gueule de l'animal qui soufflait son haleine chaude, la moiteur de sa langue sur son visage et sur ses plaies, et la fourrure qui lui faisait un manteau épais. Il est resté allongé sous le ventre d'un loup, ou peut-être d'une louve, qui l'a réchauffé, a veillé sur lui pendant la nuit, s'est mis à grogner en même temps qu'il le protégeait.

Quand il est revenu à lui, il gisait dans l'obscurité d'une maison. Installé sur une paillasse à même le sol en terre battue, enveloppé dans une couverture. Un homme était en train d'alimenter le feu, sa femme au front tatoué trayait une brebis. Le piège avait été retiré. Le berger a versé du thé, sans parler, il a porté le bol en terre à la bouche d'Oscar, il lui a maintenu la tête. Des feuilles de sauge enveloppaient son mollet qui avait doublé de volume. La cuisse, de l'autre côté, s'était réveillée, mais c'était supportable.

Oscar a demandé pour les gars dans la bergerie. L'homme a répondu en arabe quelque chose qu'il valait peut-être mieux ne pas comprendre. Oscar est resté dans la maison une partie de la journée, avec de la fièvre, et des tremblements qui le parcouraient de la tête aux pieds. Il a dit qu'il ne méritait pas d'être sauvé. Il a été évacué sur un brancard, descendu jusqu'au camion, puis transporté à l'hôpital d'Oran où il a fallu l'amputer du côté gauche. Oscar dit que c'est sa punition, pour avoir laissé les gars. Il faudra vivre avec cette honte-là.

Au rapport ce matin de janvier, chacun est d'une telle gravité qu'aucun appelé n'a le cœur de mimer aucun des officiers, comme ils le font habituellement une fois rentrés dans le baraquement. Tout le monde s'interroge. La logique voudrait que le *oui* au référendum permette aux appelés d'être libérés plus tôt. Les Algériens vont pouvoir organiser les conditions de leur indépendance. L'armée française a donc échoué à maintenir l'ordre, tout a basculé. C'est sans doute un échec, mais la bonne nouvelle c'est que la France n'a plus rien à faire ici. C'est comme cela qu'Antoine raisonne. Il ne connaît pas vraiment la chose militaire. Il pense que les hommes vont respecter le résultat du vote. Docilement. Il n'a encore vécu aucune révolution.

Tanguy ne tient pas en place. Il n'arrive pas à encaisser le choc, même si le choc était annoncé. Antoine prend le temps de retrouver Martin, qui n'a pas changé de poste depuis tous ces mois. Avant la distribution de médicaments du matin, Antoine rôde du côté des cuisines. Le vent qui entre par la porte le fait frissonner. Il faudra qu'il mette un pull sous sa blouse. Martin traîne les pieds, le baratin des officiers, il ne l'entend plus. Il dit que Tanguy lui fout la trouille. Il va finir par se flinguer ? Martin n'a pas reçu de lettres de ses parents depuis plus de deux semaines, il se demande pourquoi. Il sait que la fin de l'année est le moment le plus intense pour la pâtisserie, mais ce n'est pas une raison. Il est comme Antoine, il a un frère plus jeune, et il espère que son frère sera épargné. Les frères pourront rester au chaud dans leurs charentaises. Près des parents, près du foyer. On sent que Martin est jaloux, même s'il ne peut pas l'avouer. Antoine ne voudrait pas qu'il arrive quelque chose à son frère. Il préfère que ce soit lui. Ils savent que c'est une expérience qui les séparera. Il y a ceux qui auront fait l'Algérie, et les autres. Il y a ceux qui auront vu, et ceux qui auront perçu les événements en lisant les journaux, en écoutant les conversations sur le zinc, en se contentant de parcourir leurs lettres mensongères.

La dernière lettre pour Martin accompagnait un nouvel envoi de chocolats, un peu avant Noël. Martin dit qu'il ne supporte plus. Les chocolats, si cela se trouve, c'est ceux que les clients ne veulent pas. Il devient paranoïaque, quoi qu'il advienne, cela ne va jamais. Trop de lettres l'agresse, pas assez l'angoisse, trop de colis l'infantilise. Et surtout c'est la signature de son frère qui l'exaspère. Il ajoute simplement une ligne sur la lettre maternelle. Il se contente d'une formule affectueuse mais tellement lapidaire. Et puis sa mère qui signe pour deux, maman, papa. Comme si leurs deux personnes n'en faisaient qu'une.

Antoine se souvient de ce qui s'était passé au moment de la sélection militaire. Il y avait des jumeaux, alors comment faire, l'armée n'avait pas le droit d'envoyer les deux. Il fallait tirer au sort, et chacun disait qu'il irait et qu'il épargnerait l'autre. Chacun disait c'est moi, toi tu restes. Puis il avait fallu déterminer le plus âgé, c'est-à-dire celui qui était né le premier, mais ils ne savaient pas qui était né le premier, ils n'avaient jamais entendu parler de cela. C'était l'histoire qu'on racontait en patientant sur les bancs, le jour où Antoine avait été déclaré apte, où il était passé sur la balance et avait franchi la barre des soixante kilos. On apercevait les jumeaux, des garçons pas gâtés par la nature, qui attendaient debout contre le mur, pendant que l'armée épiloguait. Et au final, ce qui s'était propagé dans les couloirs, c'est que l'armée les avait renvoyés chez eux, elle n'avait voulu ni de l'un ni de l'autre.

Antoine espère faire rire Martin avec cette histoire, mais Martin n'est pas d'humeur à plaisanter. Il sourit un peu, pour faire plaisir, puis il allume une cigarette et dit qu'autodétermination ou pas, il va continuer à nourrir la troupe. C'est à croire qu'il n'a pas envie de rentrer. Il n'a envie de rien, il a peur que de l'autre côté on ne l'ait oublié. Nicole, qu'est-elle devenue depuis tout ce temps ? On vous remplace si vite, il n'aurait pas imaginé. Martin n'a pas beaucoup appris en Algérie, il n'a vu des hommes que leur faim, leur addiction, leur peur de manquer, leur instinct primaire à l'arrivée du plat chaud. Cela finit par le dégoûter, voir chacun remplir son estomac, penser à son ventre, à ses préférences. Il dit qu'il aimerait mieux le grabuge, rester là sans bouger le rend maboule. Il dit qu'il va se proposer pour crapahuter. Mais Antoine doute qu'il y songe vraiment.

Alcaraz pleure dans les bras de Lila, qui n'est pas habituée aux débordements d'émotion. Elle ne sait pas comment faire avec Alcaraz, dont elle ne comprend pas le chagrin. Elle voudrait juste qu'elle pleure moins fort pour ne pas inquiéter Lucie. Elle est sûre que le chagrin des adultes contamine les enfants. Son mari dit que si les Algériens sont au pouvoir, il leur faudra quitter l'Algérie. Mais pour l'instant, personne n'y croit. Elle ajoute que Lila a de la chance, elle va rentrer chez elle, elle va retrouver son pays. Elle dit qu'elle l'envie. Mais Lila est désespérée à l'idée de laisser Antoine. Qu'est-ce qui est pire, quitter son homme ou son pays ?

Alcaraz se ressaisit, puis elle durcit le ton. Elle ne veut plus que Fatima mette les pieds dans la montée d'escaliers. Elle dit dorénavant chacun chez soi. Fatima n'a qu'à trouver du linge ailleurs. Lila est prise entre les deux. La Française, la pied-noir et l'Algérienne ne boiront plus le thé ensemble. Leur destin commun s'arrête là.

Lila ne parvient pas à fermer sa valise. Elle doit renoncer à emporter ce qu'elle a acheté ici, une tenture berbère, un chapeau de soleil, la rose des sables qu'elle veut offrir à sa mère. Il faudra qu'elle puisse porter la valise, avec Lucie sur les bras. Elle mettra les bijoux qu'Antoine lui a offerts, dénichés dans la Casbah juste avant sa venue. Un bracelet en cuivre travaillé à la main, encombrant mais raffiné, et un collier d'ambre, dont l'artisan a assuré qu'il favorisait la fidélité. Lila essaie puis abandonne, elle déballe le linge, elle enveloppe la rose des sables, mais cela ne rentre pas, elle risque de la briser. Elle recommence, tous les objets sont sur le lit, ses espadrilles, sa robe rouge et sa collection d'éventails, elle ne sait plus comment agencer sa valise, elle n'arrive pas à choisir, elle est dépassée. Et les dattes fraîches encore accrochées à la branche que lui a apportée Fatima ? Elle sanglote. Elle prend Lucie contre elle et tourne en rond dans les vingt-cinq mètres carrés. Quand Antoine rentre, il trouve Lila perdue au milieu d'un impressionnant chantier. C'est la première fois qu'elle

montre un signe de détresse. D'habitude, elle dissimule si bien.
Le voyage en train est un compte à rebours cruel. Lila découvre le paysage d'hiver sous un soleil persistant. Elle aimerait que ces étendues lui paraissent ternes et désespérantes. Elle préférerait trouver une raison de partir. Mais non, elle se rend compte qu'elle avait fini par se sentir chez elle entourée de palmiers et d'orangers, et de toute cette végétation qui ne perd pas ses feuilles, fleurit toute l'année et produit des couleurs. Elle avait fini par aimer la chaleur, puis la douceur de l'automne, qui n'a rien à voir avec l'automne français, fait de jaune et d'ocre, du tremblement des feuilles de platanes ou de hêtres, tombées, piétinées, qui s'amassent dans les caniveaux ou dans les sous-bois, et lentement se décomposent. Ici pas de pourrissement humide mais le bruit sec des pas le long des plantations d'oliviers.
Antoine tente de rendre la situation légère. Il fait l'imbécile, joue avec sa fille, qui continue de lui sourire, il se cache et réapparaît. Il essaie de faire des phrases drôles mais son humour tombe à plat. Il dit à Lila qu'elle sera débarrassée de tout ce qu'elle ne supportait pas, le bruit, le désordre, les portes toujours ouvertes, le marchand de tapis qui crie dès l'aube, les cortèges funéraires qui transportent le défunt dans un simple drap et qui ralentissent sous la fenêtre, les femmes et leurs youyous. Antoine cherche ce qu'il pourrait bien ajouter à son inventaire. Mais Lila ne veut rien entendre, elle reste silencieuse, elle comprend qu'elle aime ce pays. Et

puis, avec Lucie, elles ont suscité tant d'attention. Elle a insisté pour rester, elle a trouvé des arguments. Partir n'a pas de sens si c'est partir sans lui. « C'est une histoire entre toi et moi. » Sa place est ici. Un soir ils se sont disputés. Il y a eu des cris dans l'appartement. Antoine disait qu'elle était inconsciente, qu'elle se butait, que c'était elle tout craché.

À l'aéroport, il faut évincer les états d'âme et se préoccuper des contingences matérielles, les bagages, le dépassement de poids, les horaires, les papiers d'identité. Cela fait beaucoup de paramètres pour qui n'a pas l'habitude de voyager. Il faut décider de ce qu'on garde dans la cabine, anticiper, récapituler. Prévoir le chaud et le froid. Il faut sillonner le hall, repérer les lieux pour être bien sûr. Ne pas rater l'hôtesse qui veillera sur la mère et l'enfant. Et aussi résister à l'appréhension de devoir prendre l'avion, sans doute la même Caravelle qu'à l'aller, et s'en remettre au pilote et à la providence. Tous ces détails sauvent Lila et Antoine provisoirement. Les détournent de la douleur qui guette. Qui attendra encore un peu avant de les assaillir. Lucie, endormie, ne se rend compte de rien. Antoine la regarde, la dévisage même, pour conserver l'image de sa fille si appliquée à ne pas peser. Qui n'aura jamais le souvenir de ses premiers mois algériens.

Lila et Lucie disparaissent derrière la porte d'embarquement. Antoine essaie de fixer l'instant, il faudra qu'il le garde en mémoire. Lila fait la même chose. Tous deux se mangent des yeux, en silence.

Un dernier geste de la main. Un sourire impossible, ou plutôt une grimace. Puis la réalité qu'on ne peut plus différer. Elle qui avance sur la passerelle un peu plus tard. Lui à la terrasse d'un bar qui regarde l'avion décoller. S'élever, virer, jusqu'à finir par disparaître dans le vif du ciel d'hiver. Le désarroi et l'effondrement.

Antoine doit rendre les clés à Alcaraz. Il a la soirée pour ranger, nettoyer, emballer les objets et la nourriture qui restent. Alors il ne tarde pas, il passe le balai et la serpillière, il nettoie l'évier. Il frotte, il s'entête à astiquer la moindre tache, pour contrer le chagrin. Il frotte la gazinière, il démonte les brûleurs, les inspecte un à un. Il passe en revue chaque rayon du réfrigérateur, il s'acharne sur chaque rainure, le moindre joint. Puis ce sont les portes qui y passent, les cadres des fenêtres dont il traque les traces de doigts. Le miroir, la penderie, et pour finir les toilettes au-dessus desquelles il penche la tête. Il abuse du détergent, il en use autant que le préconisait Fatima. Ses mains sont rouges et gonflées par l'eau froide. Il a les yeux qui brillent, la barbe qui commence à pousser, et les dents prêtes à mordre. Il sent que la bête en lui est sur le point d'attaquer. Il va falloir la libérer. Mais d'abord il crie, la bouche dans les draps, pour qu'aucun son ne sorte de la chambre. Il pourrait tout casser. Puis il descend l'escalier, il a envie de se battre. Il va trouver un adversaire dans la ville assoupie, il va débusquer un ennemi. Cela fait trop longtemps qu'il se retient.

Oscar

Pendant ce temps, la Caravelle se pose sur une piste couverte de neige. Il fait déjà nuit. Le film de l'arrivée de Lila est en noir et blanc. Une hôtesse a pris soin d'elle et de Lucie. Elles n'ont manqué de rien. Mais le voyage est fini et il faut retourner dans son monde. Devenu hostile et étranger. Le hall de l'aérogare est vide, la famille de Lila n'a sans doute pas reçu la lettre qui annonçait son arrivée. Elle patiente, tourne un peu, et finit par prendre la navette. Elle s'enfonce dans la nuit pleine de neige, elle relève le col de sa veste et enveloppe Lucie dans une couverture. Elle n'aperçoit de la ville que des lumières mouillées, qui tremblent sur les trottoirs. Elle a froid quand elle entre dans l'appartement déserté depuis des mois. Elle appuie sur le bouton du disjoncteur. Les deux pièces lui semblent immenses. Le philodendron est asséché. Elle ne sait pas comment enchaîner. Chaque geste lui fait mal. Quand elle respire, de la buée sort de sa bouche. Elle entend la chasse d'eau du voisin. Maintenant que faire ? Que faire des jours qui promettent d'être si longs ? Que faire de Lucie, déjà si loin de l'endroit qui l'a vue naître ? Lila reste debout contre le mur, paralysée. Comment supporter l'absence d'Antoine, dont elle a peur qu'il ne revienne pas.

Antoine installe ses affaires dans le baraquement. C'est un retour discret, qui ressemble à une défaite. Il ne veut pas donner l'image d'un homme traversé par la douleur, mais il n'a pas le cœur à faire de commentaire. Tout le monde sait pourquoi il revient. Personne ne le chahute, personne ne tente une repartie amusée. Non, le retour d'Antoine en dit long sur le bourbier dans lequel ils s'enfoncent. C'est la seule chose qu'ils sont capables de dire, que ce n'est pas bon signe. Ils demandent si d'autres armes ont été débarquées dans les ports de la Méditerranée, ou sont arrivées par la route qui longe la côte depuis la Tunisie, ils voudraient savoir ce qu'on attend d'eux. Doivent-ils rester à l'arrière à l'hôpital ou vont-ils finir dans la gueule du loup ? Ils disent que ça bouge du côté des légionnaires, les suicides ils en ont assez. Jo n'est pas encore rentré, comme le plus souvent ces temps. Pour l'instant, ils sont encore tous vivants.

Martin dort toujours en bas au fond et a suspendu une couverture en guise de cloison, comme quand il jouait à la cabane avec son frère il n'y a pas si longtemps. Antoine n'a pas le choix. Il n'y a qu'une place à l'opposé, près du plafond, une de ces couchettes exposées aux punaises. Mais les gars assurent que c'est un problème résolu, grâce aux boîtes de conserve remplies de gasoil placées au pied des lits. Qui répandent une odeur écœurante et leur garantissent de flamber sur place si l'un d'eux y jette son mégot. Ça les fait rire, brûler vif ou autre chose, ils sont tellement las qu'ils semblent s'en moquer. Ivan, toujours avec sa mine d'intellectuel, prétend qu'Antoine ne doit pas se plaindre, on l'accueille avec des *bidons spéciaux*, autrement dit le napalm, dont la rumeur se répand que l'aviation en a balancé sur les rebelles. Ils ne sont pas censés savoir, et pourtant il y a des choses qui finissent par s'ébruiter.

OSCAR

Mais ces allusions ne déclenchent rien. Antoine, comme les autres, n'a pas envie d'entendre. Il voudrait juste qu'on lui fiche la paix ce soir, qu'il puisse écrire à Lila et puis chialer dans son coin.

Antoine parcourt les cent mètres qui le séparent des baraquements des harkis. Il voudrait parler à Taha, est-ce que Taha est là en ce moment ? Il est souvent en mission. Il se demande si les Arabes vont rester là encore longtemps, avec ce qui se passe, ils devraient finir par lever le camp.
Taha se chauffe les mains sur le brasero, même s'il ne fait pas froid. C'est comme un tic. Sa famille est des environs de Tlemcen. Son père travaille chez un Européen qui exploite la forêt de Zarifet, abat et débite les pins qui deviendront des meubles et du bois de charpente. Il fait partie de ceux qui manient la hache, savent comment cogner les pins d'Alep pour qu'ils s'inclinent du bon côté, et récupérer la résine qui sera transformée en perles d'ambre. Ce n'est pas le travail de bûcheron qui intéresse Antoine, mais il écoute Taha. Il aime parler de son père, et l'imaginer à la tâche dans la forêt, il espère que cela va durer. Alors Antoine demande pour les loups. Taha dit que son père n'en a jamais vu, ils vivent plutôt sur le versant sud, les bergers

imaginent des pièges et toutes sortes de stratagèmes pour protéger les troupeaux. Ce n'est pas une vie de lutter contre le loup. Puis il se met à rire, il se souvient d'un conte que sa mère racontait quand il était petit. L'histoire de deux associés, le loup et le hérisson, qui labourent et plantent la même terre, jusqu'au jour où le hérisson imagine une ruse pour se soustraire aux travaux mais finit par récupérer la récolte. Oui, c'est comme cela chez nous ! dit Taha avec une lueur dans les yeux, le loup n'est pas toujours celui qu'on croit.

Antoine tourne en rond. Le cœur n'y est plus. L'attente de ce qui va arriver empêche chacun de respirer. Mais aucune consigne ne vient modifier le quotidien des appelés. Antoine fait le tour des blessés, ce sont toujours les mêmes regards effrayés qui hantent les dortoirs. Les mêmes peurs et les mêmes questions. Sans Oscar, Antoine ne sait plus où sont ses priorités. Il n'a pas l'énergie de recommencer. Il se tient à distance des garçons qui appellent et qui pleureraient bien dans ses bras. Il sait qu'il doit se contenter de soigner, sans quoi tout basculera. Il a trop de peine pour prendre la douleur des autres. Il fait ce qu'il faut, il écoute, il réconforte, mais il ne s'approche pas, il ne se laisse pas happer par celui qui bégaie et qui met un temps fou avant d'enchaîner trois mots. Par celui qui se cache la tête sous l'oreiller, celui qui tremble malgré le torse plâtré, par le nouveau qui a la jambe amputée.

Il est patient, il s'installe près du lit, il prononce les mots qui soulagent, il aide à changer de position, il incline le buste, prend la nuque dans ses mains. Il encourage les garçons cassés. Mais il ne plonge pas dans leurs mondes. Il n'y a plus de place, il est tout entier occupé par Oscar dont il meurt de ne pas avoir de nouvelles. Par Lila et Lucie, déjà inaccessibles. La tête d'Antoine est saturée d'images, qui viennent d'ailleurs, et qui se superposent.

Quand il marche le long de la galerie, il ne remarque plus le palmier qui bouge devant le ciel, il ne jette plus un œil du côté du poste de garde et oublie de faire signe aux deux plantés là avec leur arme. Il avance droit devant, en parfait somnambule, uniquement préoccupé par sa vie intérieure. Il est comme anesthésié et ne cherche pas à savoir de quoi souffre le gars qu'il croise sur un brancard. Après presque une année entre les murs de l'hôpital, il doit admettre qu'il s'habitue, l'admission quasi hebdomadaire de blessés ne réveille plus en lui le désir immédiat de les secourir, comme c'était le cas pendant les premiers mois. Il a puisé si loin, il a tant donné qu'il est vidé, et puis il a compris que pour dix hommes qui quittent l'hôpital, il en est dix qui entrent, pareillement abîmés. C'est un long cortège qui défile, les gars prennent le lit d'autres gars. C'est la première fois qu'il ressent cela, cette lassitude, et sa possible inutilité. Il se demande pourquoi eux et pas lui, pourquoi ces corps saccagés et pas le sien, pourquoi la vie massacrée d'Oscar, dont le retour en France doit être une folie.

Antoine attend une lettre de Lila qui n'arrive pas. Attendre est une action à part entière, qui prend toute son énergie. C'est épais, presque compact. Mental, et épuisant. Tout en lui attend. Sa tête et son corps, ses poumons, ses artères, ses yeux et sa bouche brûlent du manque qui s'installe, puis de l'inquiétude qui guette. Il est à l'arrêt, empêché, il a des visions, les jours comme les nuits, il voit Lila, qui bouge dans leur appartement, il voit les rideaux, les draps du lit, le papier peint, la faïence de la salle d'eau. Il perçoit son reflet dans toutes les vitres, celles de l'hôpital, dans le miroir des sanitaires quand il applique la mousse à raser sur ses joues, torse nu, avec les autres tout près, les autres qui le frôlent, mal réveillés, qui toussent et qui reniflent, qui jurent, et qui jouent, se poursuivent pieds nus sur le carrelage glissant.

Antoine fait une place à Lila dans cet univers d'hommes, il l'invite à se glisser entre les voix qui s'interpellent, il la supplie de rester bien visible, bien présente malgré le froid sous la douche, les serviettes trempées, les robinets grippés, tous ces détails qui contrarient, qui monopolisent, qui voudraient l'extraire de son obsession. Il imagine mille raisons pour expliquer le retard de la lettre, les problèmes habituels que les appelés ont fini par identifier. Mais surtout il s'invente des raisons d'avoir mal, il est devenu si vulnérable. Il se demande si Lila ne lui en veut pas de l'avoir laissée partir à la première alerte. Ne l'a-t-elle pas jugé trop timoré ?

Antoine se love dans chacun des recoins de l'inquiétude, en explore toutes les zones obscures. Puis il coupe net. Il sait que le silence est la pire des épreuves. Il doit se raisonner. Il demande à Martin de lui parler d'autre chose. Alors le soir, au lieu de rester dehors à fumer et de céder à la mélancolie, au lieu de se désespérer près du bidon, qui a pris déjà tellement de coups de pied, il écoute la radio avec les autres dans le dortoir, et espère stopper le vertige qui s'est emparé de lui.
La radio l'emmène ailleurs, l'enveloppe d'intonations nouvelles ou de rengaines. Il entend le premier disque des Chaussettes noires, la voix d'Eddy Mitchell, dont il découvre les graves tremblés, qu'il aime imiter. Il se moque des trémolos emphatiques du présentateur des informations, qui parle pour la première fois de l'OAS et des plasticages, concept nouveau qui désigne une autre façon de semer la terreur. En ce début d'année 1961, vingt-quatre explosions au plastic en Algérie et dix en métropole. Les défenseurs de l'Algérie française n'hésitent pas à

entrer dans la danse de la violence aveugle. Le journaliste enchaîne avec les émeutes à Oran, le soulèvement de deux cents Algériens qui pillent, brûlent et tuent, avec comme résultat l'instauration du couvre-feu à vingt heures. Même si l'hôpital est calme, on sent que l'air est chargé de la braise qui consume les grandes villes. La Légion se tient prête. Les gars dans la chambrée se demandent ce que vont faire les Arabes de l'autre côté de la cour. Vont-ils finir par leur tomber dessus ? Le grand Ludo propose qu'on se verrouille au cas où. Ils pourraient réclamer d'avoir des armes. Pendant que les gars s'interrogent, Dalida chante de sa voix grave *Les Enfants du Pirée*. Et les garçons, indécis, fredonnent avec elle, les yeux déjà ailleurs, reprenant les paroles qui les rendent songeurs. *Mon Dieu que j'aime, ce port du bout du monde, que le soleil inonde de ses reflets dorés.*

Une lettre d'Oscar arrive. Antoine pense tout de suite à la censure quand il lit la première phrase, à double sens. Une drôle de phrase qui ne ressemble pas à Oscar. Antoine se demande si le courrier est lu. C'est une question qui a souvent été débattue entre les gars. Certaines lettres envoyées par les appelés n'ont jamais été reçues, ce qui a créé dans les familles, et avec les fiancées, des malentendus parfois lourds de conséquences. Comme s'ils avaient besoin de cela, semer le doute auprès des leurs, leurs seuls soutiens. Il suffit de faire courir le bruit pour que les appelés se censurent d'eux-mêmes. C'est la meilleure méthode de surveillance.

Oscar

Antoine n'a pas dit ce qu'il a vu, ce qu'a raconté Oscar, ce que lui ont confié les blessés. Il n'a pas écrit le plus difficile, le plus incompréhensible, le plus choquant, pour s'épargner lui-même, comme si écrire enfonçait le clou de la réalité. Il est plus facile de taire, d'omettre, et finalement d'ignorer. Surtout quand on sait que, de l'autre côté, personne ne veut entendre. Pourquoi écrire ce que personne ne veut lire ? Ce serait s'isoler encore plus loin. Pourquoi venir déranger le cours des choses, les pensées toutes faites que la radio relaie : le maintien de l'ordre n'est pas une guerre, les appelés ne meurent pas, l'armée française ne torture pas, les Algériens ne sont pas des sous-citoyens.

Antoine n'a pas écrit ce que le garçon blond, toujours hospitalisé chez les *psychiatriques*, a fini par confesser. Sans que personne lui demande rien. Antoine a gardé pour lui ses cauchemars habités de fourmis dévorantes, et de *fellaghas* interrogés après avoir brûlé une école, en présence d'un harki qui traduisait. Antoine n'a pas dit comme le garçon blond détournait les yeux, regardait par la fenêtre protégée de barreaux, quand il a raconté les pierres jetées dans leurs dos, et les corps dévêtus qui se cabraient. Quand il a ajouté qu'il était contre ce qu'ordonnait le lieutenant, il était contre, et en même temps, c'était incompréhensible, c'était lui qui avait eu l'idée d'un scénario pour que les *fells* se tortillent davantage. C'était lui qui avait proposé, sans doute pour plaire au lieutenant, qu'on les descend au camp de base, là où il avait repéré l'énorme fourmilière. Antoine a préféré garder le silence. Il n'a jamais su pourquoi c'est à lui que les gars se confiaient. L'écriture d'Oscar est surprenante. Des mots penchés, serrés, difficiles à déchiffrer. Ils racontent sur une seule page recto et puis verso, comment il est rentré chez lui. Le bateau, le train, dans le wagon des infirmes, puis sa mère et son père à la gare de Clermont-Ferrand. La camionnette de l'entreprise de maçonnerie pour le transporter. Les trois places à l'avant du véhicule, les béquilles qu'il a dû jeter au milieu des sacs de ciment. Et lui sur la banquette entre ses parents, l'impression d'avoir à nouveau six ans, la honte de dépendre d'eux pour le moindre mouvement. Le père muet qui fume sa Gitane maïs, la mère qui comprend petit à petit ce qui se passe. La neige fondue sur le pare-brise. La campagne glaciale alentour. Les routes désertes. La fumée qui s'élève des cheminées. Le bruit mouillé des pneus sur la chaussée. Les champs qui disparaissent sous une légère couche de neige. Le ciel blanc, la brume qui masque le paysage. Le silence dans l'habitacle, ce n'est pas Oscar qui l'écrit mais Antoine qui imagine. Le chemin qu'il faut grimper avec les roues de la camionnette qui patinent. Le chien qui tire sur sa chaîne quand Oscar descend, à qui son père tend les béquilles, au lieu de le prendre dans ses bras. Le chien qu'il ne faut pas lâcher parce qu'il pourrait le faire tomber. Le chien qui le reconnaît, qui jappe et qui gémit. La mère qui tourne autour de lui, qui trottine dans la neige, ne sait pas comment aider son fils. Le père qui porte le sac, il n'a pas le choix. Qui ouvre la porte et entre avant Oscar, alors que la mère ferme la marche, le père qui va tout droit vers le feu qu'il faut rallumer. Le repas que la mère prépare après avoir avancé un fauteuil pour Oscar. Sa chambre au premier, dans laquelle il pourra monter mais seulement en s'aidant de ses mains, comme un animal. Ce qu'il se refuse à faire pour l'instant. Le silence du père qui va chercher une bûche sous l'auvent, qui veille à ce que la maison se réchauffe, puis qui repart au travail, même si les travaux de maçonnerie sont ralentis pendant l'hiver. La main qu'il pose sur l'épaule d'Oscar au passage, une accolade d'homme avant de sortir. Le geste qui change tout mais qui dit l'impuissance, et la réalité qu'on diffère. Ce n'est pas Oscar qui précise cela, mais c'est ce qu'on peut lire entre les lignes. Le père qui ne sait pas rester assis, qui ne sait pas parler, ni rassurer. On ignore s'il part réellement sur un chantier comme il le prétend, ou hurler dans la forêt.

Oscar ne parle pas de Camille. De son désir de la revoir. Sa lettre ne dit rien d'un avenir possible, d'une vie envisagée. On comprend qu'il renonce. Oscar adresse des mots encourageants pour Antoine, des souhaits pour Lila. Il ne parle pas de retrouvailles, ne dit pas qu'Antoine lui manque. Il lui demande simplement une faveur. Quand la guerre sera terminée, il aimerait qu'Antoine retrouve le berger pour le remercier.

Antoine répond aussitôt. Quand je serai libéré je viendrai te chercher. On fera le voyage ensemble.

Antoine regagne la chambrée toutes les fins d'après-midi, il n'a plus de raison de parcourir la ville. Il n'est plus obsédé que par une pensée : est-ce qu'Oscar va l'attendre ? La clarté de février est pourtant si belle. Il ne fait plus un détour par le marchand de fleurs pour prendre une branche de mimosa. Il n'est plus à la recherche du bijou qu'il pourrait offrir à Lila. Il attend que Martin passe la tête à l'arrière des cuisines pour fumer avec lui. Il fume, et fume encore, il boit les bières que Martin sort de la réserve, il regagne la chambrée et joue aux cartes. Quand il en a assez, il s'allonge sur sa couchette après avoir monté les deux barreaux de l'échelle, et il rêve. Il s'abstrait des gars juste en dessous, il fixe un point sur le plafond, une des taches de sang illustrant le combat nocturne avec les punaises, il détaille les contours de la tache, qui ressemble à un pays dont on aurait repensé le tracé, un Japon un peu obèse, une Italie qui aurait annexé la Suisse, un continent imaginaire dont les bras sont comme des tentacules. Antoine se perd dans le dessin des taches. Il dérive et rejoint Oscar, il pense au jour où ils partiront dans la montagne à la recherche du berger. Il n'a pas la patience d'attendre. Il voudrait entreprendre le périple sur-le-champ, passer la carte au crible, recueillir des indices. Ils demanderont à Taha de les guider.

Antoine ne tient plus en place, il voudrait bouger, partir en mission de vaccination, pour moins penser.

Oscar

Mais Tanguy le maintient sur place. Antoine et Martin vont au café jouer au billard. Ils lèvent les yeux chaque fois qu'une silhouette se profile dans leur champ de vision, ils ne parviennent pas à se concentrer sur la partie. Ils tournent la tête quand les pieds d'une chaise raclent le sol, quand une bouteille cogne contre le comptoir, quand la porte des toilettes s'ouvre dans leur dos. Ils ont changé leurs habitudes, ne restent plus devant leur verre dans la salle du fond, mais s'installent près de l'entrée, prêts à fuir à la moindre alerte, ils imaginent que si une grenade roule jusque dans l'arrière-salle, ils auront le temps de décamper. Ils continuent de rire, mais avec l'impression que des ombres glissent dans leur dos, et que les miroirs derrière le bar peuvent voler en éclats.

La sensation ne les quitte pas quand ils se rendent au championnat de foot dans les arènes de Sidi-Bel-Abbès, pour occuper le temps d'un dimanche trop long. Après qu'Antoine a écrit longuement à Lila, après que Martin s'est douché et rasé de près, ils franchissent la barrière du poste de garde et partent rejoindre le mari d'Alcaraz, qui leur a obtenu des places, et leur tend une main encore noire de cambouis. C'est un derby entre colons. Comme Antoine pose la question, Alcaraz confirme que la compétition se déroule entre pieds-noirs. Il y avait quelques clubs mixtes auparavant, et des clubs musulmans, mais la cohabitation sur les stades s'était terminée à la suite d'un incident. Lors de la finale de la coupe d'Afrique du Nord en 1956, un club européen devait affronter un club algérien. Le capitaine du club colon avait été suspendu mais, par un tour de passe-passe de dernière minute, il avait finalement été autorisé à jouer, ce qui avait humilié l'équipe adverse au point qu'elle déclara forfait. Le FLN avait profité de l'occasion pour inviter au boycott de toutes les compétitions. Ce qui marqua la fin de la mixité sur les stades. Alcaraz dit que les Arabes vivent toujours tout comme une injustice. Il le voit chaque jour avec son apprenti.

Alcaraz ajoute que depuis le saccage de la ferme du marais, il n'est plus tranquille. Il vit avec les images dans la tête. Il jette des coups d'œil discrets autour de lui depuis le haut de la tribune où ils ont trouvé un emplacement idéal, même si chacun fait mine d'être pleinement occupé par le jeu. Le stade c'est l'endroit rêvé pour faire des victimes. Antoine et Martin restent assis pendant les deux mi-temps. Ils n'ont pas le cœur à encourager les équipes. Ils ne veulent pas montrer leur inquiétude mais sentent une chaleur gagner leur poitrine. Martin confie à Antoine, une fois que la foule se presse vers la sortie, que, parfois, il se demande s'il ne vaudrait pas mieux y laisser sa peau. Il commence à sombrer dans le doute, supporter cette vie avec comme seul horizon un avenir de pâtissier à Rodez, il se demande si cela vaut la peine.

Le soir dans le dortoir, tout le monde est abattu. C'est la première fois que les gars s'écoutent. Chacun est allongé sur son matelas, ceux d'en haut, ceux d'en bas, cela fait une douzaine de respirations, une douzaine de souffles, d'histoires différentes, et de façons de réagir aux événements. Et la parole circule sans que les gars se voient. Ils n'ont pas la possibilité de tamiser la lumière, c'est soit pleins feux, soit l'obscurité dans le baraquement, chacun a arrangé à sa tête de lit une installation bricolée à l'aide d'une lampe de poche, pour recréer un cadre intime, un minuscule chez-soi. La veilleuse au-dessus de la porte diffuse une lueur qui suffit à leurs échanges et fait que leurs silhouettes enveloppées de kaki rappellent les dunes du désert auquel ils continuent de rêver.

Chacun parle des lettres, c'est leur obsession, qu'ils peuvent lire et relire, s'injecter comme une intraveineuse quand le besoin de chaleur se fait sentir. Le grand silence entre les échanges, la frustration devant les mots convenus, la pudeur qui jette un voile sur tout aveu, le bonheur devant la phrase d'une mère, qui pour la première fois laisse deviner son amour, et à qui en retour ils tentent d'exprimer, sans trop s'épancher, l'attachement qu'ils n'ont jamais eu l'occasion de nommer. C'est leur première séparation, leur première épreuve d'adulte. C'est leur rite de passage pour la vraie vie, qui laisse des échardes sous la peau et des rêves indélébiles.

Antoine est le seul à avoir connu l'évacuation de 1944, et la menace des bombardements, dans une rue proche de l'arsenal, à la périphérie de Lyon. Le seul qui a connu la course affolée en fin de journée vers les abris, où les adultes tenaient les enfants par la nuque et les précipitaient devant, pour qu'ils descendent sans contester les escaliers qui plongent sous terre. C'est le seul qui a expérimenté une partie de l'année 1944 loin des parents, dans une ferme reculée, pendant que son père était prisonnier, et que sa mère restée en ville faisait des ménages chez un médecin chez qui défilaient les patients souffrant de troubles du sommeil et d'anxiété.

À huit ans, Antoine avait appris la solitude dans une petite chambre isolée sous la charpente, près de la grange qui grouillait de rongeurs, dont les pas et les cris lui parvenaient pendant la nuit, se glissaient dans ses rêves. Il avait dû apprendre à ne plus craindre les souris, les mulots et les fouines qui cherchaient dans la paille de quoi survivre, il avait dû malgré lui apprivoiser une faune jusqu'alors inconnue, comme les gars dans la chambrée ont dû finir par se résoudre à la présence des araignées géantes et des scorpions, dont ils espèrent chaque matin qu'ils n'auront pas trouvé refuge dans les chaussures rangées au pied du lit ou entre les vêtements empilés dans les armoires métalliques.

Antoine a sans doute cette résistance venue de ce temps où, seul derrière l'œil-de-bœuf, il entendait l'orage approcher la nuit, percevait des éclairs qui projetaient dans la sous-pente des flashs de lumière effrayants, il a cette force de pouvoir supporter la faim au creux des draps, celle qui le faisait sucer dans le noir un bout de fromage de chèvre dur comme la pierre, dérobé dans le garde-manger. Antoine ne savait pas que les longs mois de sa huitième année, privé de la présence de ses parents, livré

OSCAR

à la rudesse d'une famille de paysans, qui l'envoyait dès l'aube garder les vaches, étaient déjà pour lui comme une guerre. Celle qu'on ne nommait pas devant les enfants, qui s'appelait plutôt *Occupation* et dont Antoine croyait qu'elle était une occupation, une activité comme une autre, changée en *évacuation*, un terme tout aussi inapproprié, il n'imaginait pas que cette guerre aux noms fantasques serait la préfiguration de sa mobilisation en Algérie qu'on nommerait aussi avec des mots qui n'auront rien à voir avec la réalité.

Tanguy a besoin d'Antoine au sous-sol. On lui a raconté qu'il n'arrivait plus à s'occuper des blessés. Qu'il s'était trompé dans les prescriptions. Qui a dit à Tanguy sa fatigue et sa défaillance ? Et surtout qui a révélé qu'il doutait de son commandement ? Le sous-sol, c'est le domaine interdit. Quarante mètres carrés calmes et intimes. Lugubres et glacés. La lumière filtre difficilement par des vasistas. Seuls les grands tiroirs métalliques brisent le silence quand ils coulissent sur les rails mal graissés. C'est la première chose à laquelle pense Antoine. Il faut que ce bruit cesse, et il part à la recherche d'un bidon d'huile, il le traque dans tout l'hôpital, et jusqu'au garage où Taha lui remet une burette. C'est sa première tâche au sous-sol, graisser les rails, pour que ses tympans n'éclatent pas quand on lui demande de présenter un corps, de le déposer sur la stèle, en vue de l'arrivée de la famille.

Il aimerait qu'Oscar soit là. Lui seul pourrait le comprendre. Il ne peut pas écrire à Lila, ni à ses parents, il ne peut dire à personne qu'il est assigné à pareille tâche, en dessous de la surface, éloigné désormais de la lumière, de la douceur de l'air et de la vie qui pulse dans les étages, la vie cabossée mais qui palpite encore. Il voudrait parler à Oscar, le prendre contre lui pour conjurer le froid qui le gagne dans l'espace carrelé aux boiseries verdâtres. Le froid, il ne l'a pas éprouvé depuis des mois. Il ne sait plus ce que c'est. Il a essayé parfois de se le représenter, il a repensé aux heures de garde à Bar-le-Duc, au vent glacé qui faisait de ses nuits des cauchemars. Et là, brusquement, il est saisi par la sensation pénible, l'impression d'être nu, dépouillé et sans défense. Il se frotte les bras, il contracte ses muscles pour résister.

Il a besoin de se blottir. Il a besoin des rayons du soleil sur sa peau. Il pense au corps d'Oscar, grand et musclé, et soudain il se dit que ce n'est pas grave, ce n'est rien, une jambe amputée. Il est traversé par cette évidence, quand il longe la paroi équipée de tiroirs métalliques, il est saisi par la violence de la catastrophe. Et, soudain, il comprend que le sort d'Oscar n'est pas désespéré, c'est comme une révélation. La demi-jambe qu'on lui a coupée, ce n'est qu'un détail, il faudrait qu'Oscar admette cela, il est vivant, quelle importance finalement un mollet, un tibia, un ménisque, une cheville, quelle importance, cinquante centimètres de chair, c'est ridicule, l'essentiel n'est pas là. Antoine ne sait pas ce qui lui prend, là au sous-sol, devant les tiroirs qu'il va devoir graisser, sous la lumière au néon qu'il voudrait tamiser, il est traversé d'un élan vital comme il n'en a plus connu depuis la naissance de Lucie. Il voudrait qu'Oscar ne renonce pas, il peut vivre sans sa jambe. Les gars dans les tiroirs auraient donné cher pour s'en tirer avec un membre amputé. Oscar doit l'attendre, ils ont encore beaucoup à accomplir ensemble. Mais aucune lettre n'arrive au courrier.

Il faut accueillir les familles qui ont fait le voyage jusqu'à l'hôpital, depuis la métropole, ont pris l'avion pour la première fois de leur vie, pour voir, de leurs yeux voir, leur fils, allongé, les paupières closes, sur la stèle au centre de la pièce. Les familles averties parfois avec plusieurs semaines de retard, restées dans l'attente à ne pas comprendre pourquoi les lettres ne leur parvenaient plus, pourquoi le silence était la seule réponse à leurs demandes impatientes. Les familles, ou plutôt les couples de parents, qu'accompagne parfois un aïeul, qu'Antoine reçoit après leur bref passage dans le bureau du capitaine, les pères et les mères que leurs jambes ne portent plus quand ils descendent les marches qui conduisent au sous-sol, qu'il faut soutenir et empêcher de tomber, les familles auraient voulu entendre tout, sauf la phrase définitive qui les a propulsés au-dessus de la Méditerranée. Ils auraient préféré le mot amputation, ou n'importe quel mot désignant n'importe quelle blessure, les visibles et plus encore les invisibles, celles qui n'ont pas de nom, et qui font que les hommes semblent intacts, épargnés en apparence, silencieux, hagards, ou simplement choqués. Les parents auraient préféré cela, un membre ou la parole coupés, la mémoire ou les sens abîmés. Ils auraient pu croire ensuite que tout irait bien, qu'ils avaient échappé au pire, que le temps viendrait à bout des cauchemars et de la dépression. On n'en parlerait plus, on profiterait des Trente Glorieuses comme si de rien n'était. On s'était fait une sacrée frayeur mais l'opération de maintien de l'ordre s'était bien terminée.

D'autres parents ne savent pas, occupés par leur travail, leur vie domestique, leurs plus jeunes enfants. Ils n'ont pas encore reçu la visite du gendarme qui viendra bouleverser le cours de leur existence. Ils continuent à vivre, à se rendre à l'usine, à aller au marché, à moissonner, à cuisiner un pot-au-feu, à tirer les rois, alors que le corps de leur fils attend dans un sous-sol réfrigéré, qu'on l'embarque à bord du paquebot qui le ramènera. Qui rapatriera par dizaines les cercueils à fond de cale. Chargés en pleine nuit dans le plus grand secret, dans un ballet silencieux fait de silhouettes militaires assignées à la sombre tâche. Un bateau partira d'Oran ou d'Alger, voguera dans l'ombre de la Méditerranée, accostera en pleine lumière à Marseille, qu'on déchargera une fois le soir venu, au fond des docks, et la chorégraphie répétitive reprendra en toute discrétion, jusqu'à ce qu'on en termine avec les événements. L'annonce de la mort des appelés se fera toujours en différé. Quoi qu'il arrive, le décalage, même le plus infime, mettra les familles et les fiancées dans la culpabilité d'avoir continué à vivre, quelques heures, quelques jours, quelques semaines, normalement, si l'on peut nommer ainsi la vie d'inquiétude qui est la leur.

Antoine passe son temps dans un petit réduit au sous-sol, en face de la pièce froide, sous une lampe de bureau. Il remplit des papiers, il appose des tampons, il écrit les noms des appelés allongés dans les tiroirs. Il écrit avec une plume et un encrier. Il essaie de ne pas faire de tache, c'est sa préoccupation première, il n'a pas droit à l'erreur, il faut qu'il dose l'encre accrochée à la plume, il faut que la goutte soit pleine mais pas trop, pour qu'elle s'écoule, fluide et veloutée, et inscrive sur le papier le nom des soldats endormis dans la pièce d'à côté. Il orthographie le patronyme sans fautes, il vérifie chacune des lettres, il n'a rien pour effacer. Et il sait qu'écrire le nom du garçon, sa date de naissance, son adresse, et le lieu de l'accident, est encore une façon de parler de lui, de le maintenir un peu en vie. Alors il s'applique, il va lentement, il a tout son temps, il n'a que cela à faire, remplir les papiers qui disent la *mort pour la France* de ces très jeunes gens qui reposent à quelques mètres de lui.

Il est leur gardien, leur compagnon, il se met à veiller sur eux, il marche sans faire de bruit, comme s'il avait peur de les déranger, il cherche un moyen de tamiser la lumière, il voudrait réchauffer l'atmosphère, avec des étoffes, des couleurs, et une musique apaisante, mais il n'a que son transistor, et les sons qui en sortent grésillent sous la voûte, alors il se contente de préserver le silence et de chasser les rats qui longent les parois. Il dispose sur la stèle une

Oscar

branche de jasmin cueillie près du poste de garde, en espérant que le capitaine ne lèvera pas les yeux au ciel. Il fait de la pièce carrelée un univers habitable, qu'il arpente jour après jour en s'adressant aux garçons planqués dans leurs tiroirs. Il leur fait des confidences, il sait qu'il n'est pas fou, il parle tout seul, mais il n'est pas seul, il raconte de petites choses sans importance, il énumère les moments agréables de la vie, ceux auxquels il veut encore s'accrocher, ceux qu'eux ne connaîtront plus, il convoque des images qui l'aident à tenir, la mer à Arzew, les lettres de Lila qu'il glisse dans la poche de sa blouse, relues jusqu'à épuisement, la cigarette fumée avec Martin près du bidon, le premier sourire de Lucie, il parle de Lucie qui grandit sans lui, il marche et sa voix est amplifiée par la voûte. Puis il parle d'Oscar, il raconte aux garçons sa rencontre avec les loups, il raconte les loups dans le djebel, qui ont protégé Oscar, il leur dit qu'ils n'ont pas eu cette chance-là, être réchauffés par les loups.

Et puis, à force de parler aux garçons, entre les quatre murs silencieux, à force de marcher en rond, dans la lumière si pâle une fois les néons éteints, il a l'impression d'être transporté dans un cachot, et c'est à son père qu'il se met à penser, à la prison dans laquelle les Allemands l'avaient jeté après la traversée de la Loire. La traversée sans savoir nager, à battre des bras avec le fusil qu'il ne faut pas immerger, à agiter les jambes enserrées dans des bottes qui prennent l'eau et tirent vers le fond, à lutter contre le corps qui se dérobe, s'écorche sur les bancs de sable puis coule à pic dans les tourbillons, les poumons bientôt emplis d'un liquide glacé, suffoquant mais propulsé par la peur et la vision obsédante des uniformes à ses trousses. Les copains échappés et lui cueilli en pleine dérive. Antoine comprend ce qu'a enduré son père, dans le froid du cachot, à attendre l'interrogatoire qui viendra à bout de son œil et de son oreille gauches.

Il comprend pourquoi son père a voulu qu'il apprenne à nager. Dès son retour, il a transmis cela à ses fils, il les a emmenés l'été suivant au bord du Rhône, c'est là qu'Antoine a fait ses premières brasses, alors que son frère, trop jeune, se contentait de retenir la leçon, assis sur les galets. Quoi qu'il arrive, il fallait apprendre à se maintenir à la surface de l'eau, pour ne pas être fait prisonnier.

C'est ce qu'il voudrait faire pour sa prochaine permission, rejoindre la mer, visiter cette fois Aïn-el-Turck, marcher le long du rivage, à défaut de retrouver Oscar de l'autre côté. Il voudrait respirer l'air du printemps. Marcher pour ne pas croupir dans l'isolement du sous-sol. Prendre encore une fois le train, se pencher au-dehors, sentir le vent sur son front, qui lave et qui adoucit les visions qu'il a accumulées. Il voudrait s'ébrouer comme le ferait un animal, pour secouer ses puces et les miasmes qui menacent de le fossiliser. Il voudrait emmener Martin avec lui, quelques cigarettes, un peu d'argent en poche et partir à la conquête des plages, tremper les pieds dans les vagues, et si la mer n'est pas trop froide, piquer une tête. Il y aura bien un phare, un ponton, qu'il pourrait rejoindre à la nage. Il voudrait changer de peau, offrir la sienne à la morsure du sel et de l'iode. Il voudrait que les vagues le baignent, l'essorent, le vivifient, lui redonnent l'énergie qu'il perd jour après jour au sous-sol, fouettent son sang et l'obligent à revenir au monde des vivants.

Mais il n'est pas possible de sortir de la ville. L'OAS continue à faire parler d'elle, et à plastiquer. Jo, qui a toujours une longueur d'avance, raconte et dit la contre-révolution en marche. Dans certaines villes on avance l'heure du couvre-feu. Antoine n'a plus de contact avec Alcaraz, il n'est plus au café de la place à jouer au billard. La dernière fois qu'il est passé au garage avec Martin, Alcaraz n'était pas là, sa femme leur a servi un verre d'anisette, elle a dit que l'apprenti avait disparu, ils s'en doutaient depuis le début.

La lettre de Lila n'est pas aussi langoureuse que d'habitude. Elle s'excuse de devoir écrire plus court, dit qu'elle dort mal et s'assoupit le soir à peine installée sur le canapé du salon, avant même de gagner sa chambre. Elle raconte le travail qu'elle a trouvé, et la dame à qui elle confie Lucie, en qui elle n'a qu'une confiance limitée. Elle s'appesantit longuement sur son nouveau poste, dans un bureau avec des collègues dont les prénoms ne rassurent pas Antoine. Pourquoi Lila tient-elle à souligner une présence masculine à ses côtés ? Pourquoi ne parle-t-elle pas des femmes, qui pourraient devenir ses amies, et avec qui elle pourrait prendre ses repas et aller parfois au cinéma ? Lila parle des vêtements qu'elle a le projet de coudre, les patrons qu'elle dessine elle-même. De sa coupe de cheveux *à la mode*, pour être présentable devant les nouveaux chefs dont elle est la secrétaire, et surtout du chapeau qu'elle vient d'acheter. L'hiver français n'en finit pas.

Il sent dans la lettre un reproche, celui d'être loin, de ne pas pouvoir s'occuper de l'appartement. Lila ne se plaint pas, mais Antoine perçoit un ton différent. Elle dit que le radiateur du salon chauffe mal et qu'elle ne sait pas comment le réparer. Pendant la nuit, la température descend à treize degrés. Elle s'est pourtant aventurée à la cave pour chercher des outils, mais cela n'a servi à rien. Elle n'ose pas demander au voisin. Depuis qu'ils ont emménagé dans cet immeuble, juste après leur mariage, elle ne connaît personne. Elle dit qu'elle a voulu faire des crêpes pour la chandeleur mais elle a fini par trouver l'idée ridicule. Elle avait fait sauter la première crêpe, devant Lucie indifférente, et elle s'était retrouvée seule devant son assiette face au mur de la cuisine, elle avait éteint le feu sous la poêle et était restée désemparée. Elle avait aperçu son reflet dans la vitre, une silhouette avait surgi dans l'encadrement de la fenêtre, et elle s'était vue telle qu'elle était, une personne triste qui joue la comédie, devant un bébé avec qui on ne peut pas avoir une conversation.

Mais surtout, elle ne demande pas comment, lui, il va. Si Tanguy lui fiche la paix. Elle ne demande plus des nouvelles d'Oscar, elle raconte les progrès de Lucie, dit qu'elle attrape un objet, qu'elle aime rester à plat ventre et se redresser sur ses mains. Elle ajoute qu'elle est sur le point de percer une dent, qu'elle a mal et pleure pendant la nuit. Elle ne dit pas qu'elle parle de son père à Lucie, comme elle le faisait dans les lettres qui ont suivi leur retour, non, elle semble avoir renoncé. Par peur de radoter sans doute, et aussi par superstition.

Antoine attend que tout cela se termine. Son désir d'en découdre s'est calmé, les dernières missions l'ont secoué. Il ne supporte plus le ricanement des gradés dont les rêves de vengeance s'affichent. Il a compris l'absurdité des choses, soigner ou tenir un fusil, c'est la même frustration, la même aberration. Il a fini par comprendre le rôle que jouait l'armée française, le lourd tribut payé par la population algérienne, et il se sent trahi. Ses yeux se dessillent enfin, mais il ne faut pas lui en vouloir, l'armée a tout fait pour que les appelés ne se rendent compte de rien, pour qu'ils trouvent un sens à leur présence ici, pour qu'ils aient cru à la justesse de l'Algérie française.

Antoine voudrait rentrer, il n'a plus la force de faire semblant, il sent le dégoût le gagner. Il voudrait veiller à ce que Lila ne joue pas à la secrétaire trop zélée. Il n'aimerait pas qu'elle tape le courrier de son patron, le sourire aux lèvres, et qu'elle finisse par accepter son invitation au restaurant. Lui qui a échappé à l'appel en Algérie et voit prospérer sa petite fabrique de voitures miniatures.

Antoine a passé plusieurs longues semaines au sous-sol, il a aligné suffisamment de noms sur la liste des appelés morts pour la France, il s'est tant appliqué qu'il pourrait les réciter par cœur. Il veut revenir à la lumière, et cela tombe bien puisque Tanguy vient d'être affecté dans un autre hôpital, ou peut-être suspendu pour son état d'ivresse chronique, et que le nouveau capitaine a une mission très particulière pour Antoine.

Oscar

Un blessé est admis, avec la poitrine et les bras abîmés. Il ne s'agit pas de n'importe quel blessé mais d'un garçon dont le père est un journaliste en vue dans une radio nationale, qui pourrait révéler ce que son fils lui racontera. Un sale gosse qui a refusé les contacts de son père pour se faire réformer, cela on peut le comprendre, on peut imaginer aussi que ce garçon a voulu se mettre en danger, devenir le héros déglingué, le rescapé décadent, qui fera tache dans la famille.

Quand on l'a ramassé sur un causse planté de genévriers, avec quelques autres gars, après l'explosion d'une mine, il venait de laisser échapper de ses bras un cochon de petite taille, mascotte de la compagnie, qui était devenu son animal personnel, si l'on en juge par la façon dont il avait exigé, à peine allongé dans l'ambulance, qu'on évacue aussi l'animal. C'est ainsi que l'infirmier-chef présente l'histoire à Antoine, et qu'elle se propage dans tout l'hôpital, celle du cochon arrivé aux urgences, un peu choqué, mais au final en pleine forme. Robuste malgré son jeune âge, braillard, et en effet assez affectueux, comme l'avait prédit son maître.

C'est ce que raconte Antoine dans les cuisines où il a rejoint Martin. À qui il demande des restes pour le cochon. La tâche qui revient à Antoine est de s'occuper de l'animal, le nourrir, le promener, éviter qu'il ne cause des dégâts et qu'il ne fasse de mauvaises rencontres. Même si les appelés mangent à leur faim, on n'est pas à l'abri d'un coup de folie. La volonté du nouveau capitaine est qu'on prenne soin de la mascotte nommée Tino Rossi. Et qu'on bichonne son maître, dont le journaliste de père a des pouvoirs dont on se passerait bien.

Alors Antoine, privé de sa femme et de sa fille, va chouchouter un cochon. Lui trouver une laisse qu'il confectionne avec une ceinture de l'armée, le promener dans la cour, le lessiver à l'aide d'un jet qu'il emprunte au garage, celui-là même qui sert à laver les ambulances. Il brosse Tino Rossi et apprend à ne pas avoir peur de ses réactions, de ses mauvaises manières embarrassantes, souvent très amoureuses et très viriles.

Les gars du baraquement pensent à un poisson d'avril, une mauvaise blague qui ne peut pas durer. Ils pensent à une vengeance. Qui en veut à Antoine au point de l'affubler de l'animal ? Mais Antoine a décidé de ne pas se poser de questions, il fera ce que l'armée lui demande, puisqu'elle ne semble pas faire de hiérarchie entre nourrir un cochon et prodiguer des soins à un homme amputé. Il ne ressent pas l'humiliation qui aurait pu le blesser. Non, il préfère en rire, et il pense qu'Oscar rirait s'il le voyait. Il promènera le cochon dans la cour comme on promène une mauvaise odeur, il exhibera le mammifère avide et gras comme on expose une tumeur. Il lui cherchera même un lieu pour dormir, il n'est plus à une obscénité près.

Seulement, quand il s'approche du baraquement du fond, où logent encore quelques Algériens, la présence du porc qu'il tient au bout de la ceinture provoque des réactions inattendues. Ce sont des pierres qui s'abattent sur lui et sur l'animal, ce sont des insultes et des crachats qu'il déclenche, comme si la guerre arrivait enfin, sa guerre à lui, minuscule et dérisoire, mais bien ciblée, camp contre camp, et il se vit pour la première fois dans le rôle de l'agresseur, celui qui viole le territoire, les croyances et les mœurs, celui qui nargue les musulmans, reclus et isolés à l'autre bout du terrain. Il n'avait pas pensé qu'un cochon inoffensif allait déclencher de telles foudres. Alors il bat en retraite, il sent la honte monter, c'est comme une punition qui le saisit d'un coup, il commence à comprendre que les Français n'ont rien à faire ici.

Mais Antoine n'a pas le temps de s'installer dans sa routine nouvelle, la radio annonce le putsch qui devrait renverser le général de Gaulle, et tout le monde à l'hôpital est arrêté en plein élan. Il faut poursuivre malgré tout, chacun à son poste, il faut continuer de donner les médicaments aux blessés, prendre leur température, alors qu'on voudrait rester près de la radio, ou le nez dans le vent du côté du poste de garde, là où s'échangent les informations. Le nouveau capitaine est saisi en plein vol, à peine installé dans l'enceinte de l'hôpital, pas encore familiarisé avec les noms des sous-officiers, pas encore sûr des trajectoires dans les couloirs, ni de ses intonations dont on ne perçoit que l'aigreur des aigus.

Agitation en tous sens. Déploiement de légionnaires. Survol d'hélicoptères. Un frisson se répand à tous les étages, et dans les baraquements. Des hommes en uniforme marchent au pas de course le long de la galerie. On ne sait plus qui est qui, qui pense quoi, qui soutient qui. Rassemblement dans la cour avec le nouveau capitaine. Exposition des faits. C'est expédié en dix minutes. Bousculade le soir dans les douches, les appelés sont nerveux, rien ne leur a été demandé que l'allégeance à de Gaulle. L'onde de choc se propage et rend les hommes électriques. Les appelés craignent que le putsch retarde leur démobilisation. C'est ce que leur a laissé entendre le capitaine. Alors personne ne voit l'intérêt de soutenir les généraux. Mais la possible réussite du coup de force provoque chez les gars des insomnies, quelque chose de grave arrive, qu'ils n'ont pas vu venir. Qui va peut-être les propulser vers un destin effroyable. Les conversations tournent en boucle le soir dans la chambrée, les gars qui commençaient à compter les jours avant la quille sont pris de sueurs. Mais quelque chose les excite, qui leur fait peut-être plus envie que le grand vide du retour, qu'ils commencent à redouter.

Quelques semaines plus tard, Antoine, Martin et Jo attendent sur le quai du port d'Alger, dans une lumière éclatante. Mai est le mois le plus beau qu'ils aient connu ici, chargé du souffle tiède qui caresse la nuque, et des effluves de jasmin qui rappellent le corps des filles. D'un coup, debout près de leur paquetage, avant de monter sur la passerelle, ils sont traversés par quelque chose de violent, qu'ils ne savent pas nommer, et qui ressemble à la mort à laquelle ils ont échappé. Alors, pour ne pas montrer leur trouble, ils se lancent des phrases de soldats, lourdes et lasses, pleines de sous-entendus, qui disent la veine qu'ils ont de s'en tirer à si bon compte. Avant d'embarquer, ils n'osent pas s'avouer qu'ils laissent en Algérie plus qu'un pays qu'ils n'ont pas eu le cran d'aimer, ils laissent tout ce qui fait un homme à vingt ans, et qu'ils ne retrouveront jamais.

C'est chargés de ce chagrin trop lourd qu'ils s'entassent sur le pont avec les autres par centaines, et qu'ils voient s'éloigner la baie blanche et radieuse.

Un loup pour l'homme

Ils la fixent sans parler, et assistent au lent effacement de la côte comme s'ils regardaient, impuissants, la disparition de leur jeunesse, sans savoir encore qu'ils ne pourront pas raconter. Les mois qu'ils viennent de vivre seront comme un secret, une expérience embarrassante qu'ils tairont instinctivement.

Ils ont vingt-deux heures pour s'immerger dans le sas qui devra les désintoxiquer. Ils vont se laisser prendre par le mal de mer, le mal de la terre qu'ils quittent et de celle qu'ils vont retrouver. Ils vont se laisser gagner par la nausée, la magistrale, la monstrueuse, qui va les tourmenter, les broyer, jusqu'à leur faire rendre leur dernière goutte de sueur. Ils ont vingt-deux heures pour déprogrammer la machine qui les a transformés en témoins malgré eux, en lâches, en héros ou en salauds. Ils vont vider leur estomac, vomir par-dessus bord toute la matière ingérée à leur corps défendant. Ils vont s'allonger et se tordre, ils voudront se diluer et peut-être disparaître. Ils vont finir par tomber, s'allonger sur le pont arrière, et lentement s'assoupir. Ils vont se blottir les uns contre les autres, comme les chiots d'une même portée, avant qu'on les sépare.

Voilà, c'est terminé. Ils sont priés de ne plus y penser. De chasser le mauvais rêve d'un revers de la main. La guerre d'Algérie n'a pas eu lieu.

Ils se sont séparés dès leur arrivée à Marseille. Ils pensaient faire un dîner, boire une bière, arpenter un peu les rues, se prendre dans les bras une dernière fois. Mais chacun a dû se hâter pour monter dans un train déjà à quai, Antoine en direction de Lyon, Jo de Nice, et Martin de Rodez. Ils ne se sont jamais revus.

À peine rentré, Antoine a étudié la carte pour se rendre près d'Issoire, au sud de Clermont-Ferrand. Il est monté sur la Vespa, qu'il a eu du mal à démarrer après tout ce temps. Il a longé les usines de la vallée du Gier, est passé près des terrils aux abords de Saint-Étienne, puis il a pris de l'altitude, a approché les forêts de sapins et les collines qui ont fini par saturer de vert son horizon. Il s'est allongé sur un talus bordé de marguerites, a laissé reposer le moteur de la Vespa, qui devrait ensuite le conduire en haut d'une côte ensoleillée, avant de piquer le long d'un pré à l'herbe épaisse où coulait un ruisseau. Il a franchi un col, puis un deuxième, le voyage n'en finissait pas. Au sortir de l'ombre d'un bois, il a enfin aperçu la chaîne des puys qui se détachait plein ouest et c'est comme si c'était le signal qu'il redoutait. Oscar l'attendait quelque part dans ce paysage.

Il a trouvé l'entreprise de maçonnerie du premier coup, il a suivi le panneau à l'entrée du village, et a grimpé le chemin en évitant les nids-de-poule. Le chien a aboyé, exactement comme il avait imaginé, sauf qu'il était debout sur sa niche, les oreilles pendantes. Le courage commençait à lui manquer. Il aurait dû avertir. Mais la camionnette est entrée dans la cour, il ne pouvait ni fuir ni différer. Le père l'a regardé comme s'il était un voleur, puis il a compris quand Antoine a enlevé le casque et qu'il a vu ses cheveux rasés.

Antoine a su tout de suite qu'Oscar n'était pas à l'intérieur. Ni la mère ni personne, la porte était fermée à clé. Les deux hommes se sont assis à la table de la cuisine, devant un verre de grappa, qu'Antoine n'a pas osé refuser. Antoine ne savait pas par quoi commencer, alors il est allé droit au but, il s'est risqué à prendre des nouvelles. Heureusement le père d'Oscar a eu la bonne idée d'ouvrir la fenêtre, les jappements du chien et les chants d'oiseaux sont entrés dans la pièce, et le rideau s'est mis à bouger. Après il a allumé une Gitane maïs, il s'est assis, puis relevé. Il a mis du temps avant de prononcer un mot, puis il a dit avec un accent italien que le voisin avait retrouvé Oscar dans la forêt. Il se demandait comment il avait marché jusque-là, près d'une clairière où les bûcherons entreposaient des troncs. Le voisin l'avait ramené sur sa remorque. Mais il était arrivé trop tard.

Antoine a demandé quand c'était arrivé.

Le père a dit que, depuis qu'il était rentré, Oscar ne dormait pas, il s'agitait là-haut, et il tenait des propos étranges. Il racontait toujours la même histoire, il parlait d'un berger dans une montagne, qui posait des pièges pour attraper les loups. Il était obsédé par les loups.

Le père a poursuivi, en se parlant comme à lui-même. Oscar avait pris l'habitude de se poster devant la lucarne de sa chambre, à regarder vers le nord, cela en était inquiétant. Il ne voulait pas descendre, il disait qu'il devait surveiller la route, c'était comme s'il montait la garde. Il guettait. Le père avait cru à une posture militaire et il avait répété au fils que c'était fini, qu'aucun ennemi n'arriverait plus, ni par la route, ni par les bois, il pouvait dormir tranquille. Antoine espérait que c'était lui qu'Oscar attendait, il n'en serait jamais certain, mais il ne voulait pas qu'il en soit autrement. Oscar avait disparu la semaine où le marronnier avait mis toutes ses feuilles juste devant sa lucarne, et avait fini par masquer le paysage et tout l'horizon.

Le père d'Oscar a proposé à Antoine de rester pour la nuit. Il n'allait plus faire jour très longtemps. Mais Antoine n'a pas eu la force d'accepter. Il a dit au père qu'il lui enverrait une photo, il espérait que Jo avait fixé Oscar sur la pellicule. À vrai dire, il n'était pas sûr, mais il fallait qu'il termine la conversation avec une image réconfortante. Puis il est remonté sur la Vespa, il a roulé le long de la petite route déserte et il s'est arrêté. Tout son corps tremblait. Il a regardé en direction de la forêt. Il a résisté à l'idée d'y entrer. Les genêts recouvraient les collines au loin, exactement comme il avait raconté à Oscar quand il massait sa jambe. Il a fini par accélérer dans le jour qui déclinait. Lui seul savait.

Composition et mise en pages
Nord Compo à Villeneuve-d'Ascq

Imprimé en France par CPI
en septembre 2017

Dépôt légal : août 2017
N° d'édition : L.01ELJN000762.A003
N° d'impression : 143623